Judith Renaudin (1898)

Pierre Loti

Paris, 1899

© 2025, Pierre Loti (domaine public)
Édition : BoD · Books on Demand, 31 avenue Saint-Rémy, 57600 Forbach, bod@bod.fr
Impression : Libri Plureos GmbH, Friedensallee 273, 22763 Hamburg (Allemagne)
ISBN : 978-2-3225-4246-8
Dépôt légal : Avril 2025

AVANT-PROPOS

Dans l'île d'Oleron, à l'extrémité d'une petite ville ignorée, il est une très vieille et silencieuse demeure blanche, blanche comme un logis arabe sous des couches de chaux que les siècles ont épaissies. Elle a des auvents peints en vert, et un grand portail cintré. Peu d'ouvertures sur la rue déserte ; toute la façade, garnie de treilles anciennes, se développe sur une cour intérieure, où jaunissent au soleil quelques arbres centenaires, des amandiers, des grenadiers, un peu mourants et à bout de sève. Après la cour, un long jardin ; après encore, une petite vigne et un petit bois, confinant à la campagne, — à cette campagne de l'île, partout sablonneuse et plate, avec, à l'horizon, l'Océan, qui roule lourdement ses volutes sur des plages immenses et qui toutes les nuits fait entendre sa voix profonde.

C'est de cette maison que sont partis pour l'exil, une nuit d'il y a deux siècles passés, mes ancêtres protestants.

Les grands-pères, les grand'mères d'alors, trop âgés pour entreprendre de fuir, restaient sombrement au logis, mais tous les jeunes s'en allaient. Là, dans un salon aux modestes boiseries de chêne, qui n'ont pas été renouvelées, — là, après une lecture faite en commun dans une bible familiale que je possède encore, les exilés qui s'embarquaient nuitamment pour la Hollande ont échangé leurs adieux éternels avec les anciens qui devaient rester au pays et y mourir. À l'entrée du petit bois, au bout de la vigne, quelques pierres tombales, aujourd'hui presque enfoncées dans la terre, marquent vaguement les places où dorment ces ancêtres privés de leurs enfants et exclus après la mort des cimetières catholiques.

Les lettres des exilés, les « lettres de Hollande », comme on les appelait jadis avec vénération dans ma famille, ont habité pendant un siècle et demi dans les placards du vieux salon boisé ; elles fascinaient mon enfance huguenote ; une aïeule, de temps à autre, m'en lisait des passages le soir.

Pauvres nobles lettres, aux écritures d'un autre âge, aux encres jaunies sur des papiers rudes ou des parchemins, je les possède aujourd'hui par héritage, et je les touche comme des choses sacrées. Entre autres, il en est de signées par cette Judith Renaudin qui fut l'une de mes arrière-grand'tantes — et tout à coup je me reproche comme une impiété d'avoir livré son nom, bien que je lui aie donné un rôle infiniment pur, tel autrefois son rôle dans la vie.

PIERRE LOTI

PERSONNAGES

JUDITH RENAUDIN, jeune fille protestante	Mmes MARTHE MELLOT.
L'AÏEULE	} MARIE-LAURENT
LA BENOÎTE, servante du curé	
NANETTE, servante des Renaudin.	BARNY.
JEANNE, jeune fille protestante	BLUM.
RAYMOND D'ESTELAN, capitaine des dragons	MM. DALTOUR.
SAMUEL RENAUDIN, père de Judith	DE MAX.
L'ABBÉ PIERRE BAUDRY	ANTOINE.
PHILIPPE DE FLERS, lieutenant de dragons	AMYOT.
DANIEL ROBERT, cousin de Judith	GRANDJEAN.
FRANÇOIS, sous-officier de dragons	NOIZEUX.
THIBAUD, fermier des Renaudin	CARPENTIER.
NADAUD, fermier des Renaudin	VERSE.
MATHIEU, serviteur des Renaudin	MICHELKZ.
HUBERT, serviteur de Raymond	DESFONTAINES.

LE PETIT HENRI, neveu de Judith ·· La petite SCHMIDT.
LE PETIT SAMUEL, neveu de Judith Le petit SCHMIDT.

DRAGONS,
HOMMES DU PEUPLE, CATHOLIQUES ET PROTESTANTS.

JUDITH RENAUDIN

ACTE PREMIER

Tableau premier.

Un carrefour dans la petite ville de Saint-Pierre, en l'île d'Oleron. — C'est le matin, au commencement de l'automne, en l'an 1685. — Au milieu de la scène, le « Poteau de l'Île », où vient d'être affiché le texte de la Révocation de l'édit de Nantes. Au fond, la maison des Renaudin, les principaux bourgeois de l'île et protestants : un grand porche s'ouvrant dans un mur blanchi à la chaux, de chaque côté du porche, des bancs de pierre, sur lesquels sont assis des paysans malades ou blessés, avec des bras en écharpe, des mains enveloppées de guenilles ; tous ces gens sont immobiles et semblent attendre. Çà et là, par terre, de petits étalages de fruits et de légumes, près desquels se tiennent assises les vendeuses en grande coiffe blanche. Des paysans vont et viennent, apportant des provisions à la ville. D'autres amènent des ânes, chargés de mannequins de vendange. Autour du poteau, un attroupement s'est formé, de gens qui cherchent à lire le nouvel Édit du roi.

Entre Pierre Baudry, le curé de Saint-Pierre-d'Oleron.

Scène PREMIÈRE

LE CURÉ. Les Paysans.

PREMIER PAYSAN, *au Curé.*

Ah ! c'est le bon Dieu qui vous amène, monsieur le curé, car nous ne sommes guère savants, nous autres, pour lire. Quoique nous soyons des protestants, vous ne refuserez pas de nous lire tout au long ce qu'il y a là, n'est-ce pas, car vous n'êtes pas un méchant homme, vous, pour sûr !

LE CURÉ, *s'approchant et assujettissant ses lunettes.*

Tout au long, tout au long, ça ne vous servirait guère, mes pauvres amis, car je crois qu'il y a beaucoup de considérants pour commencer… *(Il parcourt, à demi-voix, en bredouillant ; on distingue ces mots :)* « À présent, ayant fait la Trêve avec tous les Princes de l'Europe, il s'est entièrement appliqué à travailler avec succès à la réunion de ses sujets de la Religion prétendue Réformée à l'Église Catholique… » *(Quelques mots bredouillés, puis, s'adressant aux paysans :)* Oui, beaucoup de considérants ; mais quant à l'Ordonnance elle-même, je vois qu'elle est bien telle, hélas ! qu'on vous l'avait annoncée et que vous la redoutiez. *(Il reprend la lecture ; encore quelques mots inintelligibles, bredouillés très vite,)* Hum ! Hum ! « Que Dieu lui ayant fait la grâce d'y réussir, puisque la meilleure et la plus grande partie de ses sujets de ladite Religion ont embrassé la Catholique, ces édits de Nantes et de Nîmes, et les autres donnés en conséquence demeurent entièrement inutiles. » Hum ! Hum ! « Supprime et révoque dans toute leur étendue… ordonne que tous les temples qui se trouvent encore dans son royaume seront incessamment démolis… »

Murmures et gémissements dans le groupe, qui s'augmente toujours autour du prêtre.

DEUXIÈME PAYSAN PROTESTANT, *avec anxiété.*

Et nos enfants, monsieur le curé ? Est-ce la vérité ce qu'on annonçait pour nos enfants ?

LE CURÉ, *parcourant des yeux l'Édit.*

Hélas ! oui, mon pauvre Mathurin, et voici le passage… Hum !… « Il défend l'instruction des enfants dans la Religion prétendue Réformée, et il ordonne que ceux qui naîtront à l'avenir seront baptisés dans la Religion Catholique, enjoignant aux pères et mères… etc… à peine de cinq cents livres d'amende… » Hum ! « Défense itérative à tous ses sujets de ladite Religion de sortir hors du Royaume… sous peine des galères !… *(Murmures consternés dans la foule, — Le prêtre, les bras au ciel, et un geste de désespoir.)* Hélas ! hélas !… Oui, il y a bien tout, tout ce qu'on vous avait annoncé de terrible, mes pauvres amis ! — Et, avant de lavoir lu, j'y pouvais à peine croire. *(Il serre soigneusement ses lunettes.)* Que Notre Seigneur Jésus ait pitié de vous tous ! Qu'il ait pitié aussi de notre Prince, que de mauvais conseillers ont pu jeter dans un égarement à ce point inconcevable ! *(À quelques-uns des protestants qui l'entourent, il tend la main, que ceux-ci pressent avec effusion.)* Allons, je m'en vais dire ma messe, moi, puisqu'il est l'heure, et aujourd'hui ce n'est pas pour mes paroissiens que je prierai, ce sera pour vous autres, oui, pour vous autres.

Il sort.

UN HOMME CATHOLIQUE, *à l'un des hommes protestants.*

Donc, qu'allez-vous faire, mon brave Libaud, qu'allez-vous devenir ?… Mon Dieu ! nous vivions si tranquilles et en si bonne intelligence, dans Oleron, malgré nos idées différentes, n'est-ce pas ?… Au cas où nous pourrions vous servir, nous, vos voisins catholiques, rappelez-vous que nous y sommes tout prêts… Car enfin, dites-moi, qu'allez-vous faire ?

L'HOMME PROTESTANT.

Eh ! J'ai des enfants, moi, il faudra bien que je les emmène, que voulez-vous, pour qu'on ne me les prenne pas ? Je ramasserai mon petit avoir, et je tâcherai de me sauver avec eux. En Hollande, c'est là qu'on nous accueille le mieux, paraît-il, nous, les protestants de France. Mais c'est un voyage long, plein de périls… et le temps nous presse, puisque déjà les dragons du roi ont débarqué dans notre île… Que Dieu nous ait en sa précieuse garde !

L'HOMME CATHOLIQUE, *à un autre homme protestant.*

Et vous, Jean Thierry ?

JEAN THIERRY.

Ah ! j'abjurerai, s'il le faut ! Que diable, nous ne sommes pas des riches comme Libaud, nous autres, pour faire de pareilles navigations… La vie est déjà assez dure à gagner ici, sans courir le risque de crever la faim là-bas !… Oui, j'abjurerai, moi ! Dame ! quand on est forcé, n'est-ce pas ? Dans le fond, on peut continuer à penser comme l'on veut.

L'HOMME CATHOLIQUE.

Veillez à vos paroles, mes amis !… Les voici, les dragons du roi, leur capitaine et leur lieutenant… Veillez !

Scène II

Les MÊMES, RAYMOND D'ESTELAN, capitaine des dragons,

PHILIPPE DE FLERS, *son lieutenant..*

Raymond et Philippe entrent en se donnant le bras.

UN AUTRE HOMME CATHOLIQUE.

Oh ! Et la demoiselle Judith !… Sûr qu'elle n'abjurera pas, celle-là, tenez !… Alors, nous allons la perdre !… Elle va s'enfuir en Hollande, ça ne peut pas manquer !…

UN AUTRE HOMME.

Elle s'en ira, vous croyez, la demoiselle Judith ?

UN AUTRE ENCORE.

La demoiselle Judith ?… Eh bien, ce sera notre Providence à tous que nous perdrons, si elle nous quitte, celle-là, par exemple ?

RAYMOND, *à Philippe.*

Qui ça donc, leur demoiselle Judith ? Quelque vieille fée en béguin, j'imagine, pour être leur Providence, à tous ces manants !…

PHILIPPE, *à Raymond.*

Oh ! celle-ci, quand tu l'auras vue, tu m'en diras des nouvelles, hein, mon capitaine !… Mais c'est justement pour te la montrer, que je t'amène ici, innocent que tu es !… Et si tu n'étais pas débarqué d'hier, tu en serais déjà féru comme ton serviteur, de ses grands yeux, à cette fille !… Patience ! Ils l'attendent, tous ces truands assis à sa porte, et c'est l'heure de la voir paraître…

Scène III

Les Mêmes, LA BENOÎTE, NANETTE, puis JUDITH.

La Benoîte, servante de M. le Curé, et la vieille Nanette servante des Renaudin, chacune un panier de provision au bras, entrent en se disputant.

LA BENOÎTE.

Si c'est pas une honte, faire monter comme ça le prix du marché !… Ah ! on voit bien que vous êtes toujours les richards, vous autres, les protestants, et qu'il y en a, de l'argent de reste, chez vos maîtres !… Pas trop tôt qu'ils soient venus, ces messieurs les dragons, pour vous secouer un peu !… Car enfin elle était à moi, cette demi-livre de beurre, il n'y a pas à dire, si mademoiselle que voici n'était pas venue en offrir deux liards de plus !

Pendant ce dialogue des deux servantes, le grand portail rond de la maison des Renaudin s'ouvre, et Judith apparaît sur le seuil. Robe de laine grise, élégante et très simple. Cheveux disposés en boucles retombantes. Elle apporte différents petits paquets de linge blanc, et, derrière elle, une servante en grande coiffe blanche tient sur un plateau des fioles de remèdes. Tous les mendiants et les estropiés qui attendaient sur les bancs de pierre se lèvent et l'entourent. Philippe tire par le bras Raymond et lui montre Judith.

PHILIPPE, *à Raymond.*

Hein, qu'en penses-tu ? Que t'en semble, mon cher ?

Raymond ne répond rien et contemple Judith.

NANETTE, *répondant à la Benoîte.*

Dirait-on pas qu'il faudrait tous les jours à présent laisser les meilleurs morceaux à la servante de monsieur le curé !… Ah ! je ne suis pas inquiète, non, de sa mangeaille, à ce cher homme !… Sûr et certain qu'on ne se soigne pas mal au presbytère. L'argent des messes n'est point là pour rien, pas vrai, la belle !…

Des petits garçons, des petites filles entourent, en sautant et en riant, les deux vieilles qui se disputent. Judith distribue aux pauvres attroupés sur le seuil les paquets de linge qu'elle avait préparés pour eux. Puis elle se dispose à laver, avec le contenu d'une fiole, une plaie au bras qu'un mendiant lui présente.

LA BENOÎTE.

Mon Dieu ! mon Dieu ! si l'on peut dire !… Un saint homme qui ne boit ni ne mange son content, pour donner tout aux pauvres de sa paroisse !… Fais-le donc voir plutôt, fais voir tout ce que tu emportes de fin dans ton panier, pour tes goulus de maîtres !…

NANETTE, *tout en rentrant chez les Renaudin.*

Fi ! la malapprise !… Veux-tu l'aller coucher, la bigote !…

LA BENOÎTE, *continuant sa route et traversant la scène pour partir.*

Et toi, le diable te brûle la langue, parpaillotte de malheur !

Elle sort. La Nanette est montée sur les marches du portail et reste debout derrière Judith qui continue ses pansements et ses aumônes.

PHILIPPE, *à Raymond.*

Tous les jours de marché, mon ami, la belle fille que tu vois là se consacre, une heure durant, aux estropiés d'alentour, et je ne les trouve guère à plaindre, ceux qu'elle panse de ses jolies mains. Ah ! quand le moment viendra de nous montrer, ce sera, à mon avis, une protestante point désagréable à convertir ; qu'en dis-tu ?... Mais tu ne dis rien.

RAYMOND, *qui contemple Judith avidement.*

Souffre que je la regarde, mon cher, avant de parler.

PHILIPPE.

Mais j'y pense !... Tu as un moyen, heureux mortel, de faire connaissance tout de suite. Ta blessure, la blessure de ton dernier duel, ton estafilade au bras, va-t'en la prier d'y poser un bandage. Tu vaux bien les manants qui l'entourent, je suppose. Allons, vas-y... Et, galamment tourné comme tu es, je m'étonnerais fort si... Voyons, tente l'aventure, mon capitaine.

RAYMOND.

Tu plaisantes, Philippe ! Sérieusement, tu sens bien que ce n'est pas possible !...

Pendant cette scène, les gens attroupés autour du poteau se dispersent en causant à voix basse, et peu à peu le théâtre se vide.

PHILIPPE.

Possible et facile comme tout, mon cher !… Et puis, en vérité, hésiter devant une petite bourgeoise, et une bourgeoise protestante encore !…

RAYMOND,

Tu crois ?…

PHILIPPE.

Si je crois, parbleu !…

RAYMOND, *à Judith, après s'être avancé avec des hésitations et des temps d'arrêt.*

Vous oserai-je demander, mademoiselle, pour une blessure que je reçus naguère au poignet gauche, et qui parfois saigne encore, les secours de votre science…

NANETTE, *derrière Judith.*

Rentrez, mademoiselle !

JUDITH, *sans peur, et très simplement, après avoir dévisagé Raymond.*

Oh ! je n'entends rien à la médecine, monsieur le capitaine. Seulement nous nous transmettons dans la famille, depuis déjà bien des années, le secret d'une eau vulnéraire qui guérit quelquefois. Et c'est l'usage de mes aïeules, que j'ai continué, de consacrer une heure les jours de marché à soigner les blessés de notre île. Mais vous me voudrez bien excuser, car ma science est presque nulle, et je craindrais d'en faire sur vous l'application.

RAYMOND, *relevant sa manchette de dentelle et montrant son poignet qu'enveloppe un bandage.*

Pourtant, si je vous en prie avec instance, mademoiselle…

JUDITH.

Alors, monsieur, si vous m'en priez ainsi, je ne vous saurais refuser… *(À Nanette.)* Prépare, Nanette, un linge blanc, et verse dans ce bol le contenu d'un des flacons.

Elle commence de détacher le bandage dont le poignet de Raymond est enveloppé.

PHILIPPE, *raillant, derrière Raymond.*

Pansé par d'aussi jolis doigts, tu guériras promptement, mon capitaine, et j'espère que lu ne te feras pas faute de baiser la main qui met tant de grâce à délier le bandage de ta plaie…

RAYMOND, *à Philippe.*

Tu supposes bien, mon cher, que je n'y saurais manquer.
Il prend la main de Judith dans les siennes, et la baise longuement.

JUDITH, *avec effroi, tout à coup, se retournant pour appeler.*

Père !

Aussitôt paraissent derrière elle, dans l'ouverture de la porte, son père Samuel Renaudin, — presque un vieillard. — et Daniel Robert, son fiancé, un pâle jeune homme qui, en tremblant, dégage la main que Raymond tenait encore.

Scène IV

Les Mêmes, S. RENAUDIN, DANIEL ROBERT.

S. RENAUDIN, *très digne, sans violence.*

Les persécutions ne commencent que dans un délai de trois jours, monsieur le dragon du roi, et, d'ici là, nos filles nous appartiennent encore. Souffrez que la mienne rentre en son logis.

Il attire Judith à l'intérieur, la soutenant par la taille, et, sans peur comme sans hâte, referme la porte. Les deux dragons, restés dehors, se regardent.

PHILIPPE, *éclatant de rire.*

Le fiancé, sans doute, ce grand niais qui tremblait si fort !

RAYMOND, *sombre et mécontent de lui-même.*

Ah ! non, ce n'est guère d'un gentilhomme, ce que tu m'as poussé à faire là, Philippe !

PHILIPPE.

Allons donc, mon cher !... Est-ce que ça compte, ce monde-là ? Des bourgeois !... Des protestants !...

Le théâtre change à vue.

Tableau deuxième.

Chez les Renaudin — Boiseries grises au mur. — Grand lit à colonnes, avec rideaux de serge verte. — Ensemble sévère et simple.

Scène PREMIÈRE

S. RENAUDIN, JUDITH, L'AÏEULE, DANIEL ROBERT, NANETTE, puis LE CURÉ.

Auprès de Judith, ses deux frères Isaac et Samuel, avec leurs enfants, quatre petits de six à huit ans ; dans un fauteuil, l'aïeule aveugle et Nanette à ses côtés ; debout contre la cheminée, Daniel Robert. — Judith, son père et ses frères sont assis, dans des attitudes d'attente consternée ; le père est au milieu, accoudé sur une table où une grande bible est ouverte.

S. RENAUDIN, lisant.

« Du fond de l'abîme, j'ai crié vers toi, Seigneur, Seigneur, écoute ma voix !… »

Nanette ouvre une porte au fond, et le curé de Saïnt-Pierre entre précipitamment.

LE CURÉ.

Oh ! mes chers amis !… *(Il va prendre et serrer avec effusion la main de S. Renaudin.)* Pardonnez-moi d'être entré ainsi… C'est vrai que nous nous connaissons à peine… Mais, depuis trente ans, nous vivions voisins les uns des autres, dans une estime réciproque, n'est-ce pas ? Alors, j'ai éprouvé le besoin d'accourir chez vous… pour vous dire quoi… je ne le sais pas bien moi-même… car je ne puis rien, hélas ! contre l'égarement des princes… mais pour vous témoigner au moins que notre sainte religion, dont vous vous êtes séparés, ne commande point, ne peut point commander de pareilles choses… et que celui qui a fait cela, fût-il le roi de France, est un bien grand coupable devant notre Dieu à tous !

L'AÏEULE, à la vieille Nanette qui lui arrange ses coussins.

Qui est là, ma bonne Nanette ? Qui parle ainsi, ma fille ? Est-ce pas monsieur le curé, ma bonne, que j'entends.

NANETTE.

Oui, notre dame.

S. RENAUDIN.

Merci, monsieur le curé… Oh ! nous le pensions bien, allez, que vous n'étiez point avec nos persécuteurs. *(Il le fait asseoir près de lui.)* Voyez, nous lisions la Bible… C'est notre force, à nous, les huguenots… Et permettez, puisque notre Dieu est le vôtre, que nous finissions ensemble ce psaume commencé, qui nous donnait le courage. *(Il reprend sa lecture : l'aïeule aveugle joint les mains, avance la tête en tendant l'oreille ; le curé se signe tous écoutent avec recueillement.)*… « Du fond de l'abîme, j'ai crié vers toi, Seigneur, Seigneur, écoute ma voix. Si tu observes exactement, Seigneur, nos iniquités, qui subsistera devant toi… Mais tu es plein de miséricorde, et, à cause des promesses de ta loi, j'espère en toi, Seigneur ! »

La lecture faite, le père ferme la grosse bible familiale, ôte ses lunettes, les essuie avec son mouchoir et regarde le prêtre.

LE CURÉ.

Et qu'allez-vous faire, mes pauvres amis ? À quel parti vous résignerez-vous ?

S. RENAUDIN.

Nous étions depuis longtemps préparés, vous vous en doutez bien, au coup qui nous frappe aujourd'hui, et l'édit affiché ce matin n'est que la confirmation de nos longues craintes. Depuis que la dernière supplique des protestants de France, soumise au roi par notre pasteur Jean-Claude, a été si rudement repoussée, nous nous attendions à tout, et nos plans étaient faits… Il paraît qu'on laissera les vieux comme moi tranquilles au pays ; le bailli, hier encore, m'en donnait l'assurance ; d'ailleurs *(Il désigne l'aïeule aveugle.)* ma place est ici, auprès de ma mère infirme, qui va sur ses quatre-vingt-huit ans et, bien que ma charge de procureur vienne de m'être enlevée, ainsi que vous avez dû l'apprendre, bien que toutes mes terres soient sur le point d'être saisies par ordonnance royale, il nous restera encore du pain, je l'espère, à peu près de quoi vivre, pour elle et pour moi… Mais les jeunes, tous nos chers enfants — je vous le dis à vous, monsieur le curé, sachant bien que vous êtes loyal et ne nous trahirez jamais, — tous nos enfants tenteront de partir. La semaine prochaine, par l'un de ces vaisseaux qui passent, la nuit, devant la grand'côte, emmenant chaque fois plusieurs de nos frères de La Rochelle et d'ici, ils tenteront de prendre la route de l'exil, la route de la Hollande, où se trouvent déjà tant de Français réfugiés… Et l'alternative est bien terrible, car, si Dieu permet qu'ils réussissent, nous ne les reverrons sans doute jamais, jamais plus en ce monde… Si au contraire ils échouent, c'est alors pour eux la peine… je n'ose presque prononcer ce nom épouvantable… la peine des galères…

LE CURÉ.

Ah ! je joindrai mes prières aux vôtres, mes chers voisins, pour que Dieu protège leur fuite.

S. RENAUDIN, *après un silence.*

Tenez, monsieur le curé, nous nous étions réunis aujourd'hui pour régler, après avoir ensemble lu la Bible, des choses bien graves qui doivent être décidées le plus tôt possible, à la veille de ce grand départ. Et, si vous le permettez, nous en causerons pendant que vous êtes là ; car, bien que nouveau venu en notre maison, vous n'êtes point de trop dans notre réunion de famille ; votre présence, au contraire, donnera plus de solennité aux déclarations suprêmes que je souhaite entendre ici de la bouche de deux de nos enfants. *(À Daniel Robert.)* Allons, Daniel, approche-toi, mon cher neveu, et répète à ta cousine Judith ce que tu me disais ce matin ; parle-lui, devant nous tous, de ces projets que tu m'as confiés et dont je souhaite du fond du cœur la réalisation heureuse.

DANIEL, *avec crainte s'approchant de Judith.*

Judith se doute déjà depuis longtemps, mon oncle, j'en suis convaincu, de ce que je vais lui demander en tremblant, et je ne sais pourquoi un pressentiment mauvais me fait plus que jamais, aujourd'hui, redouter sa réponse… *(À Judith, qui vient de se lever et s'appuie, les yeux baissés, à la table où la Bible est posée).* Judith, avec patience et bonté, écoute, je t'en prie, ce que je vais Le dire… et ce que certainement tu sais déjà… J'ai toujours été un irrésolu, moi, je le confesse ; mon courage et ma foi ont besoin qu'on les soutienne. Veux-tu, à cette heure de dure épreuve, me donner ta parole tant désirée de devenir ma femme, là-bas en exil, et alors sans défaillance, je te le jure, je partirai…

S. RENAUDIN.

Réponds ! réponds-lui, ma chère Judith !… Aussi anxieusement que lui-même, je t'assure, j'attends, nous attendons tous ce que tu vas nous dire…

JUDITH, *très douce, mais hésitante et triste.*

En effet, mon cher Daniel, j'avais depuis longtemps soupçonné ce vœu que tu formais pour nos communes destinées… Mais je suis une irrésolue, moi aussi, vois-tu, — non point, Dieu merci, pour les choses qui touchent notre foi et notre céleste espérance, mais pour les choses de la terre… Je me sens touchée et je te remercie… Mais, je te le demande, laisse-moi réfléchir encore…

S. RENAUDIN, *qui a pris la main de l'un et de l'autre et tente de les rapprocher doucement.*

Voyons, Judith !… Voyons, ma fille… Que nous ayons au moins cette consolation, de vous bénir tous deux ensemble, avant que vous nous quittiez à jamais.

Judith, toujours appuyée à la table, dont elle tourmente le tapis avec sa main libre, continue de baisser la tête, indécise et troublée, sans répondre encore. Brusquement, la porte du fond s'ouvre, et deux domestiques apparaissent, épouvantés.

L'UN DES DOMESTIQUES, *s'adressant à S. Renaudin.*

On vient, notre maître !… Ce sont eux !… Les voici, les voici, les dragons du roi, avec le bailli de la ville !… Ils frappent au portail !

S. RENAUDIN.

Ah ! oui, c'est pour nous signifier l'édit ! Je les attendais ! Qu'ils entrent ! *(Mouvements de tous. Le curé se lève précipitamment pour partir. Les domestiques disparaissent pour aller ouvrir la porte aux dragons. S. Renaudin, au curé :)* Mais restez, monsieur le curé, nous vous en prions.

LE CURÉ.

Mon cher voisin, permettez que je vous quitte… du moins lorsqu'ils m'auront vu, car j'aimerai, par ma présence ici, à cette heure de péril, témoigner de ma profonde estime pour vous tous… Mais, sitôt qu'ils m'auront vu, souffrez que je ne demeure pas davantage, car il m'est pénible, comme chrétien et comme catholique, de me rencontrer avec ces hommes… et, ce qu'ils ont à vous dire, je préfère ne le point entendre…

Il se dirige vers la porte du fond, par laquelle entrent Raymond d'Estelan, Philippe de Flers, le bailli de la ville et quelques dragons armés, qui le regardent avec étonnement. Et, après des saluts échangés avec eux, il sort, en serrant la main du père.

Scène II

L<small>ES</small> M<small>ÊMES</small>, *moins LE CURÉ, RAYMOND et PHILIPPE.*

RAYMOND, *après s'être découvert.*

Le sieur Samuel Renaudin s'il vous plaît ?

S. RENAUDIN.

C'est moi, monsieur le capitaine !

RAYMOND.

Alors, c'est à vous, monsieur, à vous, chef de cette famille et de cette maison, que je dois notifier le nouvel édit Royal annulant ceux qui furent donnés jadis, à Nantes et à Nîmes, en faveur des membres de l'Église prétendue

Réformée. Vous le connaissez, sans nul doute, cet édit affiché depuis ce matin au poteau de la grand'place ; en voici, d'ailleurs, le texte écrit, afin que vous le puissiez méditer à loisir. *(Il remet à S. Renaudin un grand feuillet imprimé.)* Sachez enfin que notre prince, dans sa paternelle bienveillance, vous accorde, pour réfléchir et vous soumettre, un délai de trois jours, pendant lequel il ne vous sera porté aucun dommage.

Nanette s'est agenouillée auprès de l'aïeule aveugle, qui tend les mains contre ses oreilles et avance la tête pour entendre.

S. RENAUDIN, *solennellement.*

Les trois jours sont inutiles, monsieur le capitaine. Dans cet instant même, en mon nom, au nom de mes enfants, de mes petits-enfants, de mes serviteurs et de tous ceux de ma maison, je jure que nous resterons fidèles à la foi protestante… Et maintenant, faites, monsieur le capitaine, ce que vous croyez de votre devoir de faire.

RAYMOND.

J'ai de terribles répressions à exercer contre les rebelles, monsieur, et je n'y saurai joint faillir quand le moment sera venu. *(Il se rapproche insensiblement de Judith, qui le regarde.)* Mais le roi ne m'a pas commandé l'insolence envers les femmes… Et, ce matin, dans une minute d'oubli que je regrette, j'ai gravement manqué à la demoiselle Judith, votre fille. J'ignorais alors à qui je m'adressais… Pénétré maintenant du respect que cette maison m'inspire, je m'en excuse auprès d'elle comme auprès de vous. *(Judith et son père répondent par une légère inclinaison de tête.)* Et devant ce jeune homme aussi… *(Il désigne Daniel Robert, avec une nuance de dédain pourtant.)*… devant lui aussi, il convient de m'excuser… *(Il se dirige vers la porte, suivi de tous ceux qui sont entrés avec lui.)* Mes devoirs contre les insoumis, je les remplirai sans hésiter jamais ; cependant je ne les veux point outrepasser, ainsi que ne craignaient pas de le faire ces capitaines qui, dans le Poitou et les Cévennes, ont conduit les dragonnades sanglantes… J'ai tenu à déclarer cela devant tous, avant de quitter cette maison… où je souhaiterais ardemment, monsieur, veuillez le croire, que vous ne me forciez point à reparaître bientôt en justicier,

Il sort, et Judith le suit des yeux. — Un silence.

S RENAUDIN, *quand ils sont tous partis.*

Justicier ! justicier !… Vous l'entendez, il ose parler de justice !… *(La main menaçante vers la porte qui vient de se refermer sur Raymond.)* Ah ! c'est persécuteur que tu devrais plutôt dire, c'est persécuteur et bourreau !…

JUDITH.

Il s'est excusé auprès de nous tous, mon père… Et j'ai rencontré son regard qui était loyal et grave… Peut-être sera-t-il pour nous moins cruel que vous ne le semblez redouter.

LE PÈRE, *avec un demi-sourire.*

Ah ! les voilà bien, les jeunes filles : pour une phrase gentiment dite, pour un regard, tout de suite indulgentes, tout de suite conquises. *(Âprement.)* Les ruinés aux jeux de Versailles, les déconsidérés, les tarés, les pillards, c'est parmi ceux-là qu'on les recrute, ces beaux justiciers, pour les dragonnades du roi !… Les autres vont à l'ennemi, vont à la guerre, mais refuseraient de s'employer à des besognes moins hautes. Et dans les rangs de ces dragons aux têtes emplumées, vois-tu, mon enfant, on ne trouverait ni un soldat sans tache, ni un homme de cœur… Cependant, ce n'est point l'heure pour nous de murmurer. Mais que la volonté de Dieu s'accomplisse, et non la nôtre. *(Il reprend la main de Judith et celle de Daniel, et de nouveau essaie doucement de les rapprocher.)* Allons, mon fils et ma fille… Allons, Judith, maintenant que j'ai prononcé, pour vous et pour nous tous, la confession solennelle qui nous livre aux persécuteurs, consens à donner ta main à Daniel ; que j'aie la joie de vous bénir ensemble, avant de vous perdre pour toujours sur cette terre ; qu'au moins nous connaissions, ta vieille grand'mère et moi, l'homme avec lequel, là-bas, en exil, tu fonderas une famille nouvelle que nous ne verrons jamais.

Judith demeure encore tête baissée, sans répondre.

L'AÏEULE AVEUGLE, *qui écoutait attentivement, à Nanette.*

Aide-moi, Nanette, à me soulever, je te prie… *(Nanette l'aide à se mettre debout.)* Aide-moi à marcher, maintenant : je veux aller près d'eux.

Elle fait quelques pas vers ses enfants, appuyée au bras de Nanette, une main tendue en avant, à la manière des aveugles.

JUDITH, *la voyant venir avec une sorte d'effroi.*

Oh ! mon Dieu ! vous venez à moi, grand'mère ! Vous aussi, vous venez pour me prier.

L'AÏEULE, *qui a pris la main de Judith.*

Tu ne réponds pas, Judith, et cela me fait peur ! Car elle n'a point répondu, n'est-ce pas ?… Ce ne sont pas mes pauvres oreilles qui m'ont fait défaut. Il me semble bien qu'elle n'a rien dit ? *(Judith reste muette, les yeux détournés.)* Oh ! quelle plus dure épreuve le Seigneur me réservait pour la fin de ma vie !… Être devenue si âgée pour voir échouer le projet qui avait été ma consolation dans ma nuit de pauvre vieille aveugle : les unir l'un à l'autre, ces petits-enfants que mes yeux ne connaissent plus !

DANIEL, *avec un mouvement de recul, dégageant sa main.*

Ah ! je ne m'y étais pas trompé, hélas ! Je le sentais bien… qu'aujourd'hui Judith… tout à coup… était plus loin de moi que jamais…

S. RENAUDIN, *à Judith.*

Laisse-moi te dire encore une chose, mon enfant, une chose qui te décidera peut-être… Rappelle-toi l'aveu qu'il vient de nous faire !… Sa foi, — c'est lui-même qui le confesse, — a besoin d'être raffermie et soutenue. Et c'est de toi seule, je le crains bien, de toi seule, tu m'entends, qu'un secours salutaire lui peut venir…

L'AÏEULE.

Eh ! oui… cela encore, c'est ma grande terreur, que mon petit-fils, l'aîné de mes petits-fils, ne faiblisse au moment de la lutte !… *(Sa voix, chevrotante au début, s'affermit dans une exaltation religieuse.)* Voici deux ans, je le sais, qu'il se détourne de la Sainte Table… Que notre Dieu m'épargne cette épreuve dernière, de voir l'un des miens manquer au céleste appel… Judith, j'avais arrangé cela dans ma pauvre tête ; pour le ramener, je comptais sur toi…

Daniel se tient à l'écart, sombrement.

S. RENAUDIN.

Tu as bien compris, n'est-ce pas, ma chère Judith, ce que vient de dire ta grand'mère, qui, pour te conjurer, unit sa vénérable prière à la mienne… Songe que tu as presque charge d'âme avec Daniel, et que, si tu l'abandonnes…

JUDITH, *non plus hésitante, mais résolue tout à coup, allant prendre la main de Daniel dans les siennes.*

Daniel ne faiblira pas, mon père, je m'en porte garante… Dans l'exil où je suis certaine qu'il nous suivra, où je saurai bien l'entraîner, je veillerai sur lui comme une sœur… Tu m'entends, Daniel, comme une sœur, toujours attentive et toujours affectueuse. Cela, j'en prends devant vous l'engagement solennel ; cela, je vous le jure à tous ! Mais ce mariage, non, je ne pourrais pas… Laissez-moi rester libre… Pardonne-moi, mon cher Daniel… Tous, pardonnez-moi… Non, je ne pourrais pas…

Elle revient s'incliner devant l'aïeule et reste ainsi, la tête appuyée contre ses vieilles mains.

ACTE DEUXIÈME

Chez les Renaudin. — Une sorte de cour intérieure, jardin plutôt. — Des bordures de buis — Des amandiers, des grenadiers et des myrtes. — Au fond, le mur blanchi à la chaux qui sépare cette cour de la rue, avec au milieu, le grand portail rond du premier tableau, mais vu par en dedans. — À gauche, des communs. — À droite, la maison avec des marches devant la porte. — Des pampres, jaunis par l'automne, enguirlandent tous les murs. — C'est le soir. — Il y a sur la maison des rayons rouges de soleil couchant qui, peu à peu, montent vers les toits et s'éteignent. — Près du perron, dans un grand fauteuil, une haute chaufferette sous les pieds, l'aïeule s'occupe à filer axe : une quenouille et des fuseaux. Sur un banc de pierre, à gauche, Judith, un livre à la main, et son amie Jeanne Berthier, jeune fille protestante du voisinage. —

Nanette va et vient, chassant avec un rateau les feuilles mortes par terre, et il en tombe toujours des arbres.

Scène PREMIÈRE

JUDITH, JEANNE, L'AÏEULE, LES ENFANTS, puis le PETIT HENRI et le PETIT SAMUEL.

JUDITH.

Vraiment, Jeanne ?… Oh ! une jeune fille a su faire cela ?… Je suis surprise et comme inquiète de ce qu'une telle chose ait été osée par une jeune fille, et une jeune fille de notre religion, une de nos sœurs en Jésus-Christ.

JEANNE.

Elle s'appelait Blanche de Prémontal, et son père était bailli de la ville de Châtellerault… Seule, elle est allée l'affronter, le chef des dragons du roi, qui n'a pu résister à sa prière. Pour elle et pour les siens, pour une trentaine de protestants du diocèse, elle a obtenu la permission de fuir… Tous les détails, je les sais ; mon oncle qui revient du Poitou, me les a contés, et je puis, si tu veux, te les redire.

JUDITH.

Oui, redis-les-moi… Si craintive je suis, que les récits des actions audacieuses me charment, comme autrefois les contes d'enfant où paraissaient des magiciens et des fées… Après tout, elle a bien agi, et j'aurais aimé la connaître, cette jeune fille… Son nom, répète-le, son nom, je te prie.

JEANNE.

Blanche de Prémontal, la fille du bailli de Châtellerault.

L'AÏEULE, *tendant l'oreille, la main en auvent.*

Qu'est-ce que vous racontez comme ça, mes petites filles, en confidence dans votre coin ?

JUDITH.

Rien, grand'mère… Nous parlions… nous parlions des dragonnades en Poitou… Jeanne me donnait des détails que lui a rapportés son oncle, revenu ces jours-ci de Châtellerault.

L'AÏEULE.

Des dragonnades, vous parliez ?… Mais pourquoi causer si bas alors ? Je n'aime pas, moi, quand vous avez l'air de comploter toutes deux, de faire des mystères, ou de vous monter la tête.

JUDITH, *souriant.*

Nous avons fini tout de suite, grand'mère, nos petites histoires. *(À Jeanne.)* Mais comment est-il possible, cependant, quand on y songe ? Les dragons, pour agir, ont des ordres de notre prince. M. d'Estelan, par exemple, ce n'est pas de lui-même qu'il nous persécute… Alors ils peuvent, les dragons, enfreindre les consignes royales, et à volonté faire grâce ? Jeanne, je ne comprends pas…

JEANNE.

Tiens, s'ils le peuvent ! D'une façon générale, évidemment non, tu penses bien… Mais dans certains cas particuliers, rien de plus aisé que de détourner un moment la tête et de ne pas voir les exilés partir… Le roi n'en fait point le compte lui-même, va, des renégats qui lui restent, ou des fuyards qui lui échappent… Ainsi M. d'Estelan, — M. d'Estelan, tu m'entends bien, — *(Elle regarde Judith profondément.)* qui sait ?… si l'une de nous, à l'exemple de cette courageuse fille, osait l'aller trouver.

JUDITH, *interrompant.*

Laissons M. d'Estelan, dis, ne parlons plus de lui.

JEANNE.

Mais c'est toi, Judith, qui la première en parlais tout à l'heure… et de qui parlerions-nous, du reste, sinon de lui, qui tient entre ses mains nos existences à tous… Car enfin, s'il voulait…

L'AÏEULE, *interrompant.*

Eh bien, ça doit être fini, à présent, mes petites filles… Venez un peu à côté de moi, s'il vous plaît…

JUDITH, *en riant.*

Oui, grand'mère, c'est fini.

JEANNE.

Et nous voilà !

Elles viennent toutes les deux, en se tenant par la main comme des enfants, l'une entraînant l'autre, à droite sur les marches du perron, près de l'aïeule, dont elles arrangent les coussins. — Le portail du fond s'ouvre brusquement et les neveux de Judith, les deux fils de son frère, suivis par le vieux serviteur Mathieu, entrent avec des sauts et des gambades, jetant comme choses perdues des cartons d'écoliers qu'ils portaient sous le bras.

LE PETIT HENRI, *l'aîné, courant à Judith.*

Finie l'école ! Et fermée pour tout à fait, tu sais, tante Judith… C'est les messieurs dragons qui sont venus la faire fermer comme ça, et alors on ne la rouvrira plus jamais qu'ils ont dit !

LE PETIT SAMUEL.

Oh ! si tu les avais vus, tante Judith, les messieurs dragons… et le capitaine, avec tant de belles plumes à son chapeau !

LE PETIT HENRI.

Et ils l'ont emmené en prison, tu sais, notre maître, le père Moinard ! Ils l'ont emmené, tante Judith, je te dis !

Il saute de joie et jette en l'air ses derniers cahiers.

JUDITH.

Voyons, voyons, mon petit Henri !… Oh !… t'entendre parler ainsi !… que tu me fais de peine !

LE PETIT HENRI.

Quoi ! pour notre maître d'école, j'irais me mettre en souci !… Ah ! bien par exemple !…

JUDITH.

Tais-toi, mon cher petit… Cela ne te ressemble guère, cette joie-là… *(Elle l'embrasse.)* D'habitude, tu as un bon petit cœur, pourtant. Allons !… et votre grand'mère, à qui vous n'avez pas dit bonsoir en entrant.

LES DEUX PETITS.

Ah ! c'est vrai ! (Ils vont gentiment devant l'aïeule et lui font des révérences.) Bonsoir, bonne grand' grand !

Ils lui saisissent la main pour l'embrasser et le fuseau roule à terre.

L'AÏEULE, *prenant à tâtons les deux petites têtes et les baisant avec tendresse, l'une après l'autre.*

Qu'est-ce qu'ils disent, Judith, ma fille ? On les ferme par ordre du roi, nos écoles protestantes ?… C'est bien cela, pas vrai ?… c'est bien cela qu'ils racontent ?

NANETTE, *s'arrêtant de ratisser et levant les yeux au ciel.*

Seigneur Jésus !

JUDITH.

Hélas, oui, grand'mère !… Mais nous n'étions point sans nous y attendre, n'est-ce pas ?… Mon père, qui avait tenu à envoyer les enfants jusqu'à la fin, pensait bien que ce serait aujourd'hui le dernier jour… Ce n'est rien de nouveau, grand'mère ; l'édit royal reçoit son exécution prévue, et voilà tout… *(Regardant tout à coup les mains des petits, qui sont pleines d'encre.)* On ! quelle honte !… Mais vous en avez jusqu'au coude, de l'encre, aujourd'hui !… Jamais vous ne vous en étiez mis tant que ça, mes pauvres petits !

LE PETIT HENRI.

Dame, tante Judith, puisqu'on te dit que c'est le dernier jour !…

Judith et Jeanne échangent un regard et sourient.

JUDITH, *à Mathieu.*

Je vous prie, mon bon Mathieu, accompagnez-les, et qu'ils se lavent, surveillez vous-même.

MATHIEU, *souriant aussi et prenant les petits par la main pour les emmener dans la maison.*

Oui, notre demoiselle.

JUDITH, *au petit Samuel.*

Samuel, avant de t'en aller, ramasse le fuseau de grand'mère, mon petit.

Le petit Samuei ramasse le fuseau qui avait roulé à terre et le remet à l'aïeule, après une grande révérence. Puis il va prendre la main de Mathieu, qui l'emmène avec le petit Henri dans la maison. Au même moment, le portail de la rue s'ouvre encore, et Samuel Renaudin, le père de Judith, entre suivi de quatre paysans.

Scène II

Les Mêmes, S. RENAUDIN, *Les Paysans*

S. RENAUDIN, *aux paysans.*

Entrez, mes braves amis, entrez… Oh ! combien je suis touché de ce que vous faites aujourd'hui pour votre vieux maître… Dieu soit loué ! Protestants ou catholiques, il y a encore d'honnêtes cœurs en ce monde.

NADAUD, *l'un des paysans, avec simplicité.*

C'est le moins que nous puissions faire, notre maître. Et lorsque Jean Thibaud que voici nous en a communiqué la première idée, nous avons de suite été tous consentants, n'est-ce pas ?

LES TROIS AUTRES.

Mais oui, bien sûr !

RENAUDIN, *à l'aïeule.*

Ma mère, les braves gens que je vous amène !… Thibaud, Bertet, Texier et Nadaud, nos sauniers, qui veulent se hâter avant que l'on m'ait confisqué mes biens, de payer les mois de fermage échus à la date de ce jour.

LES QUATRE FERMIERS, *s'inclinant devant l'aïeule.*

Vos serviteurs, notre dame !

L'AÏEULE.

Dieu vous garde, mes amis ! *(À S. Renaudin.)* C'est leur devoir, mon fils, leur strict devoir, à ce qu'il me semble... Mais c'est égal, il en est si peu, d'hommes, en ces tristes jours, qui agissent suivant leur conscience !... Oh ! moi aussi, mon fils, je suis, comme toi, bien touchée et je les remercie !

L'UN DES FERMIERS.

Nous avons pensé, notre maître...

LE PÈRE.

« Votre maître »... Mes pauvres amis, demain je ne le serai plus, votre maître, puisqu'on me dépouille de tout.

LE FERMIER.

Nous avons pensé... Nous savions bien que vous ne seriez point avec ceux qui se soumettent par la peur... Alors nous avons pensé, voyez-vous, qu'en ce moment-ci vous pourriez avoir besoin de tout votre argent... pour quelque départ, peut-être pour quelque grand voyage... on ne sait pas... *(S. Renaudin fait un geste de dénégation.)* Ah ! ça ne nous regarde point, bien sûr, et nous ne vous demandons point vos secrets... quoique... vous pourriez bien nous les confier, allez ! tout catholiques que nous sommes, nous ne vous saurions trahir... Enfin voilà, nous vous apportons votre dû, dans nos sacoches, en monnaie d'or, pour qu'à l'étranger vous ayez plus de commodité… C'est une pitié tout de même, de se dire que ces beaux écus s'en iront de France… En vous les donnant, notre maître, il n'y a que cette pensée qui nous chagrine.

THIBAUD, *la tête basse.*

Et moi, j'ai une confession à faire, que je veux que notre dame entende aussi, pour ma mortification plus grande. *(Il élève la voix pour être entendu de l'aïeule.)* L'an dernier, je vous trompai sur le prix du sel de mer, au marché de La Rochelle ; la livre en valait dix liards, et je vous la comptai pour neuf ; j'étais à court, par rapport à la grêle de mars qui avait couché mes blés, mais j'espérais me rattraper cette année et vous remettre votre dû sans vous faire de tort. Et la différence était de deux cents pistoles *(il présente une bourse à son maître)* que voici, avec les fermages de l'an de grâce où nous sommes.

L'AÏEULE.

Oh ! c'est Jean Thibaud qui parle ainsi ?… C'est bien la voix de Jean Thibaud, n'est-ce pas ?

THIBAUD, *humblement.*

Oui, notre dame, c'est lui-même.

L'AÏEULE.

Oh ! si braves et si honnêtes, je les avais toujours connus de père en fils, depuis quatre-vingts ans passés, tous ces Thibaud ! Quoi ! mon enfant, c'est toi qui as pu faire une chose pareille !…

S. RENAUDIN.

Pardonnez-lui, ma mère, je vous prie, pour la franchise de son aveu. Il n'est point un trompeur bien endurci, allez, cela se voit, et, avec ses nouveaux maîtres, je me porterais bien garant qu'il ne recommencera plus.

Pendant cette phrase du père, les trois autres fermiers lui ont remis aussi leurs sacoches pleines d'écus d'or.

NADAUD.

Voulez-vous vérifier, notre maître, et que nous vous présentions nos livres de compte ?

S. RENAUDIN.

Vérifier, mes pauvres amis ? Et vérifier quoi, mon Dieu ?… Est-ce que j'ai l'habitude de les regarder, vos livres ? Oh ! non, je suis trop sûr avec vous que mon dû est là jusqu'au dernier sol. Et d'ailleurs, vous auriez bien pu ne rien m'apporter, si vous n'étiez les braves gens que vous êtes, — car me voici hors la loi, maintenant ; je n'ai plus aucun recours… Et demain, vous le savez, je n'aurai plus de terres… Allons, merci à tous ; que Dieu te pardonne, à toi, Jean Thibaud, et qu'il vous bénisse tous quatre et vos enfants, pour ce que vous avez fait !

Il leur serre à tous la main.

NADAUD, *à Judith.*

Et vous, mademoiselle Judith, je devine bien que nous ne vous reverrons plus…

JUDITH, *avec embarras*

Mais si !… Mais pourquoi donc ?…

LE FERMIER.

Oh ! pas la peine de vous cacher avec nous, allez… D'ailleurs où sont-ils ceux du pays qui vous souhaiteraient du mal, à vous ? Dans notre île d'Oleron, il n'y a qu'une voix pour vous bénir… Enfin, en cas, s'il vous plaît… en cas que nous ne vous reverrions jamais, permettez à vos serviteurs de serrer votre main ce soir, voulez-vous ?

JUDITH.

Cela, avec joie, mes chers amis.

Elle leur tend la main à tous quatre. Les fermiers saluent et s'en vont.

NADAUD, *se retournant encore vers Judith.*

Et Dieu vous le rende, là-bas où vous irez, notre demoiselle, Dieu vous le rende, tout le bien que vous aurez fait aux malheureux… Allons, bonsoir à tous.

S. RENAUDIN.

À vous aussi, mes amis, bonsoir… Maintenant, nous autres, rentrons au logis, et toi, ma bonne Nanette, tu commanderas, je te prie, qu'on allume dans la grande salle une flambée de branches, pour notre triste veillée.

Scène III

Les Mêmes, moins les paysans.

NANETTE, *quittant à regret son râteau.*

Oui, notre monsieur… Oh ! la satanée saison ! C'est qu'il en tombe toujours, des feuilles !

LE PÈRE.

Venez, ma mère… Ces beaux temps de novembre, vous savez bien, sont trompeurs pour les vieilles gens, et vous prendriez froid dehors. Vous, Jeanne, rentrez aussi un moment vous chauffer, et, quand la nuit sera tombée, un de nos serviteurs vous ira reconduire.

JUDITH.

Mon père, souffrez que je reste encore dans le jardin avec elle, pour finir ce beau soir, et qu'ensuite je l'aille reconduire à son logis, par le champ fruitier et le petit bois. À l'heure qu'il est, nul ne nous verra passer par ce chemin-là… C'est qu'on dirait un vrai soir d'été, regardez… et je n'en aurai plus jamais, jamais, hélas ! des soirs d'été, dans notre vieux jardin, mon père !…

Pendant cette réplique de Judith, le père et Nanette ont aidé l'aïeule à se soulever de son fauteuil, et lui font lentement gravir les marches du perron pour rentrer, la soutenant chacun par un bras.

L'AÏEULE, *se retournant sur les marches, d'une voix tout à coup exaltée.*

Mon Dieu !… Et moi, l'aïeule bientôt sans enfants, dire que, avant de mourir, je verrai peut-être encore passer un été, — deux étés, qui sait, — dans cette maison et dans ce jardin vides, où je n'entendrai plus jamais ta voix, ma Judith, plus jamais la voix de mes chers petits… Seuls ! mon fils, nous serons seuls ! Plus rien… Le silence autour de nous, comme la nuit dans mes pauvres yeux… Oh ! les misérables !… Les misérables qui nous font cela, mon fils… *(Elle brandit sa quenouille d'une main tremblante, en menace de pauvre vieille égarée, tandis qu'on la fait rentrer. Dans la maison on entend encore sa voix.)* Les misérables !…

Scène IV

JUDITH, JEANNE, LE CAPITAINE RAYMOND D'ESTELAN.

Judith et Jeanne, restées seules dans le jardin, où le soleil rouge n'éclaire plus que les toits de la maison, s'enlacent par la taille et commencent de faire les cent pas.

Court silence.

JUDITH, *bas et lentement.*

Pauvre grand'mère !… Plus le moment approche, plus cette Hollande m'épouvante et me glace !… Et pourtant notre seule patrie est là aujourd'hui, notre seul espoir est là… Et il faut se dire que, si nous ne l'atteignons pas cette Hollande, les prisons du roi nous restent… Oh ! Jeanne, les prisons !… N'y songes-tu pas comme moi, durant les anxieuses nuits sans sommeil ?… Mais tu es plus courageuse que je ne suis, je le vois bien.

JEANNE.

Plus courageuse, non, ma Judith. Seulement je ne laisse pas derrière moi, comme tu vas le faire, un père et une aïeule, puisque tous ensemble nous tentons de fuir. Et d'ailleurs mon enfance a été, de ville en ville, un peu errante ; alors je ne me suis pas, comme toi, attachée à une demeure familiale... Les prisons !... Je ne sais pourquoi cette pensée ne me poursuit point, comme si j'avais quelque sûr pressentiment que nous y échapperons tous... Non, mais, je t'avoue, c'est la pensée d'être pauvre qui m'est terriblement pénible... Oh ! Judith, être pauvre... travailler pour vivre !... Et quoi, que faudra-t-il faire ?... à quelle humble besogne me verrai-je condamnée là-bas ?...

JUDITH.

Ah ! que m'importe à moi, travailler !... Tout ce qu'on voudra, vois-tu ! Fille du peuple et pauvresse, je le deviendrai s'il le faut !... Mais, ne plus les voir, eux, qui viennent de rentrer là, tiens. *(Elle désigne la maison où viennent de rentrer son père et sa grand'mère.)* Oh ! ne plus les voir me brise le cœur. *(On frappe au portail d'entrée qui est au fond de la scène, les deux jeunes filles regardent instinctivement de ce côté, mais continuent leur causerie.)* Et puis, Jeanne, tout ce qui est ici m'est cher, cette maison de mon enfance, ce vieux jardin, ces arbres... Oh ! Jeanne, combien l'exil me sera affreux !... *(On frappe encre au portail et les deux jeunes filles se retournent.)* Mais, que font donc nos gens ce soir, pourquoi n'ouvrent-ils pas ?... C'est quelque étranger, sans doute, pour se servir ainsi du heurtoir, au lieu d'entrer tout simplement… En ces jours de détresse, chaque fois que je l'entends résonner, ce heurtoir, cela me fait peur.

Mathieu sort des communs de gauche et se précipite vers la porte, qu'il ouvre ; le capitaine des dragons paraît sur le seuil.

Scène V

Les Mêmes, puis RAYMOND, puis LE PETIT HENRI et LE PETIT SAMUEL, puis DANIEL ROBERT.

RAYMOND, *entrant d'un pas délibéré dans le jardin où le crépuscule tombe.*

Le sieur Samuel Renaudin ?…

Il aperçoit les jeunes filles, s'arrête et se découvre.

JUDITH, *très troublée, au domestique.*

Mathieu, avertissez mon père. *(À Raymond.)* Veuillez entrer, monsieur le capitaine, mon père est au logis.

RAYMOND, *hautain et triste.*

Entrer ?… Eh ! mon Dieu, pourquoi faire ? Merci, mademoiselle… Dans cette maison, voyez-vous, je ne suis point de ceux que l'on reçoit et que l'on fait asseoir. Ici, je représente l'ennemi, moi, hélas !... Je viens pour adresser au maître de céans une sommation dernière, à laquelle il résistera sans nul doute... Qu'il veuille bien paraître ici même, nous causerons debout et dehors : il convient mieux qu'il en soit ainsi, entre adversaires qui sûrement, pas plus l'un que l'autre, ne céderont jamais.

Pendant cette dernière phrase, les petits écoliers de tout à l'heure reparaissent, rieurs, sur le perron, montrant leurs deux paires de mains qu'on a lavés et qui sont blanches.

LE PETIT HENRI.

Ah ! elles sont nettes à présent, tante Judith, nos mains, tu vois !

Ils s'arrêtent court, en apercevant Raymond.

JUDITH, *au domestique qui a ouvert la porte à Raymond.*

Mathieu, priez mon père de descendre. Dites-lui que M. le capitaine des dragons du roi l'attend ici au jardin... pour une communication que j'ignore.

Les deux jeunes filles restent un peu à l'écart, appuyées au mur de la maison, sur la droite. Raymond est seul au milieu de la scène, debout et toujours découvert. Le petit Samuel s'approche lentement de lui, comme fasciné. Le petit Henri vient se jeter sur la robe de Judith.

LE PETIT HENRI, *à Judith.*

C'est lui, tu sais, petite tante Judith, que je te disais tout à l'heure, c'est lui qui l'a envoyé en prison, le mauvais vieux de l'école, le monsieur Moinard.

JUDITH, *lui cachant la tête dans les plis de sa robe.*

Chut ! mon petit… Tais-toi, de grâce.

LE PETIT SAMUEL, *tout près de Raymond, admirant son épée.*

On peut la toucher, votre belle épée, dites, monsieur le capitaine ?

RAYMOND, *souriant et tout à coup très doux.*

Oui, mon petit ami, on peut. Tant que tu voudras touche-la.

Il la lui présente. Le petit Henri s'échappe de la robe de Judith et s'approche aussi.

JUDITH, *effarée.*

Henri ! Samuel !… Comment osez-vous ?… Revenez ici, de suite, mes pauvres petits innocents.

RAYMOND.

Qu'il vous plaise de les laisser près de moi, mademoiselle, je vous en prie. Si vous saviez combien je suis heureux et calmé, au contraire, une fois par hasard, de n'être plus traité comme un épouvantail !...

Il caresse les deux petites têtes. Le portail d'entrée s'ouvre encore, sans qu'on ait frappé, cette fois, et Daniel Robert entre, puis s'arrête à distance et se dissimule derrière des arbustes, contemplant tour à tour les jeunes filles et le groupe imprévu de Raymond et des enfants.

LE PETIT SAMUEL, *s'enhardissant.*

Et ton chapeau, monsieur le capitaine, on pourrait le toucher aussi, ton chapeau ?

RAYMOND, *enfant, avec un rire très jeune.*

Mon chapeau ?... Tiens !...

coiffe le petit Samuel de son grand feutre à plumes. — S. Renaudin, le père de Judith, apparaît sur le seuil, et s'arrête interdit, voyant les enfants près de Raymond.

Scène VI

Les Mêmes, S. RENAUDIN.

S. RENAUDIN, *à Judith.*

Judith !... Comment as-tu toléré, mon enfant ?...

JUDITH.

Pardonnez-moi, mon père.

S. RENAUDIN s'approche lentement, prend les petits par le bras, arrachant au petit Samuel le feutre emplumé qu'il remet au capitaine et, presque dur.

Allez !… Rentrez, mes pauvres petits.
Les deux petits vont s'abriter contre Judith.

RAYMOND, *amèrement.*

Ah ! c'est vrai, je suis le maudit moi, avec qui les enfants ne doivent point jouer, n'est-ce pas ? *(À part.)* C'est étrange, pourtant, combien ici, dans cette maison, il me serait facile et doux de l'oublier. *(Aux petits.)* Mais oui, garez-vous de moi, mes petits. Il a raison, votre grand-père : je suis le maudit, vous entendez, et le bourreau !

S. RENAUDIN.

Je ne me permettrai point de vous dire qui vous êtes, monsieur, mais il me paraît que…

JUDITH, *l'arrêtant.*

Oh !… père !

RAYMOND, *contenu.*

Eh bien, le tort est cependant à vous, je vous assure, de le prendre avec cette hauteur, car c'est par déférence que je suis venu moi-même, au lieu de vous envoyer quelqu'un de mes hommes, plus rude que moi.

S. RENAUDIN.

Je vous remercie… Mais qu'y a-t-il encore ?… Veuillez m'apprendre ce qui vous ramène ici, quand nous nous étions dit, il me semble, lors de vos deux premières visites, tout ce que nous avions à nous dire.

RAYMOND.

Il y a que, par ordre du roi, vous devrez à l'avenir envoyer chaque jour chez les moines Bénédictins, qui prendront soin de les instruire et de les baptiser, tous les enfants de cette maison, tant ceux de vos serviteurs que les vôtres qui, tout à l'heure, jouaient avec moi… Afin que je ne me voie pas contraint d'user de mesures violentes, voudrez-vous simplement y consentir ?

S. RENAUDIN.

Des mesures violentes ?… Quelles mesures, monsieur ?… Quoi ?… Dites-le, qu'oserez-vous faire ?

Judith, tenant les deux petits contre sa robe, s'est avancée silencieuse vers Raymond, et le regarde en face.

RAYMOND.

Ce que j'oserai faire !... *(Il recule devant Judith et se trouble soudainement.)* Ce que j'oserai faire, vous le savez !... le texte est là, le texte de l'Édit...

S. RENAUDIN.

Non, mais posez nettement vos conditions, et qu'au moins je sache... Il prête à des applications diverses, le texte de l'Édit, suivant la cruauté de l'exécuteur... Ne faisons point languir d'entretien terrible, parlez vite !... Nous les prendre de force, n'est-ce pas ? C'est ça ? Nous les enlever ?

RAYMOND.

Mon Dieu, monsieur, en effet, j'ai des dragons pour exécuter ces besognes, et tels sont les ordres que j'ai reçus contre les rebelles qui, comme vous, s'obstinent... Choisissez...

S. RENAUDIN, *se prenant à deux mains le front.*

Ah ! dans quelles tenailles affreuses vous venez serrer ma pauvre tête grise !... Eh bien, non, je n'y consentirai pas... Enlevez-les-moi, monsieur... si vous en avez le pouvoir et si vous vous en sentez l'audace... Vous m'entendez, je n'y consentirai pas... *(Radouci et tremblant.)* Cependant, écoutez encore... Ce soir, mon fils n'est pas là, mon fils, le père de ces petits — et en somme c'est à lui de décider du sort de ses enfants, plutôt qu'à moi… qui ne suis qu'un vieux grand-père dont les idées s'égarent… Monsieur le capitaine, nous accordez-vous… jusqu'à demain ?

RAYMOND, *plus doux aussi, regardant Judith qui s'est encore rapprochée.*

Jusqu'à demain ?… Oh ! oui, jusqu'à demain, je ne refuse pas.

JUDITH, *comme involontairement.*

Merci !

RAYMOND, *se dirigeant vers le portail pour sortir, en continuant de regarder Judith.*

Même jusqu'à la fin de la semaine qui commence, si vous voulez, j'attendrai. Et un de mes hommes, dimanche sur le soir, viendra prendre ici votre réponse… car on ne me reverra plus, rassurez-vous, dans cette maison où j'aurais mieux fait de ne point rentrer.

Il sort. Mathieu referme le portail et tire les grands verrous derrière lui.

S. RENAUDIN.

Dimanche sur le soir, a-t-il dit, n'est-ce pas ?… Allons, Dieu, cette fois encore, est avec nous, puisque, selon nos prévisions humaines, d'après l'avis qui m'est arrivé tantôt du navire en partance pour la Hollande, dans cinq ou six jours, si tout va bien, dans cinq ou six jours, ô mes chers enfants, vous serez en sécurité sur la grande mer… en route, hélas ! pour votre patrie nouvelle.

JUDITH.

Dans cinq ou six jours !… Oh ! mon père, comme tout se précipite !… Mon pauvre courage n'était point préparé à si tôt partir !…

S. RENAUDIN, *la prenant dans ses bras.*

Eh ! oui, ma Judith bien-aimée, tout se précipite… Mais il le faut, et chaque jour passé, chaque heure perdue, aggrave autour de vous les périls de mort… Et maintenant, rentrez, mes petites filles ; rentrons tous, sous le cher toit qui ne nous abritera plus longtemps ensemble… Vous voyez bien, si vous m'aviez écouté la première fois, vous ne vous seriez pas trouvées seules, là, tout à l'heure, avec ce bandit.

JUDITH.

Mais il s'en est allé, mon père, et maintenant la porte est barrée, il ne saurait revenir. Oh ! laissez-nous demeurer un peu dans le jardin, je vous en prie. Regardez le beau soir qu'il fait.

Daniel Robert, qui est sorti de derrière les arbustes où il se dissimulait, s'est lentement approché d'eux.

DANIEL ROBERT.

Je vous en prie moi-même, laissez-nous encore. J'ai plusieurs choses à dire à Judith, et je lui parlerai mieux ici.

S. RENAUDIN.

Allons, soit ! Restez un moment de plus… Ah ! les jeunes !… Tous pareils !… Allons, restez.

Il rentre dans la maison.

Scène VII

JUDITH, JEANNE, DANIEL ROBERT.

JEANNE, *faisant un mouvement pour rentrer aussi.*

Vous avez à causer tous deux. Mais alors, moi…

DANIEL ROBERT.

Oh : vous pouvez demeurer, Jeanne…, aussi bien ce n'est point d'amour que nous avons à causer, Judith et moi. Vous êtes déjà sa confidente, à elle ; vous serez un peu la mienne, et voilà tout.

Un silence. Judith s'assied sur les marches du perron, la tête dans les mains.

JUDITH.

J'écoute, mon cher Daniel !

DANIEL.

Judith, tu sais, je ne crains rien tant que les scènes, les reproches, surtout de la part des vieilles gens que je vénère… lors, charge-toi, veux-tu, d'annoncer à notre aïeule que je ne pars plus avec vous.

JUDITH, *sans relever la tête.*

Tu ne pars plus avec nous, Daniel ?…

DANIEL.

Je n'ai point de foi… et qu'irais-je alors faire dans cette Hollande, où je n'espère plus avoir une compagne pour partager mon exil ?… Donc, charge-toi de ce message, Judith : c'est la dernière grâce que je te demanderai jamais… Peut-être, mon Dieu, étais-je venu, ce soir, avec un peu d'espérance encore, et pour te dire autre chose que cela… Mais j'ai compris, vois-tu, ce qui achève de t'éloigner de moi, je l'ai plus que jamais compris, en observant le jeu involontaire de tes yeux… avec le beau bandit de tout à l'heure.

JUDITH, *relevant la tête.*

Daniel !…

DANIEL.

Oh ! ne te défends pas ! Et d'ailleurs, est-ce ta faute ?

JUDITH.

Daniel !…

DANIEL.

Ah ! lui aussi, va, est sous ton charme, et tu l'as dompté !… Car vraiment, je ne reconnaissais plus ici le soudard furieux de la rue… Je ne le reconnaissais plus, non, dans cet homme qui s'en allait tête basse, consentant à tout, reculant devant toi comme un taureau qui se dérobe… Peut-être, si tu l'avais vu quelques instants plus tôt, commandant sur la place la dragonnade du jour, peut-être t'eût-il causé plus d'horreur.

JUDITH, *se redressant devant Daniel.*

Quoi ?… Qu'a-t-il fait ?

DANIEL.

Tiens ! Cela t'intéresse et t'inquiète ? Eh bien, il ne ressemblait guère à l'homme d'ici, je t'assure, à l'homme qui daignait jouer avec les petits de la maison et accordait de si faciles délais, à la muette demande de tes yeux ! Tu ne sais donc pas qu'elle est commencée ce soir, par son ordre, la persécution à outrance contre les enfants des nôtres ! Sur ma route, pour venir, j'en ai croisé quelques-uns, de pauvres tout petits, que de grands diables de dragons emmenaient aux moines convertisseurs… Et lui-même, ton beau capitaine, je l'ai rencontré sur la place, entouré de ses soldats, jurant et sacrant comme les damnés, commandant je ne sais quelle agression révoltante contre la maison des Bernard…

JUDITH.

Oh ! tu as vu cela, Daniel ? C'est singulier… Je ne lui trouve point les yeux ni le visage du misérable que tu veux bien dire…

DANIEL, *avec une soudaine violence.*

Naturellement : tu l'aimes !

JUDITH, *debout et jetant les mains devant la bouche de Daniel.*

Tais-toi, Daniel, mon frère !… Tais-toi et va-t'en ! Tu en arriverais, vois-tu, à prononcer des mots irréparables, qui nous sépareraient à jamais… Ne pas savoir pardonner, tu te rappelles bien, est le défaut de mon âme hautaine… Alors, de grâce, ce soir tais-toi… Tais-toi… le calme te reviendra demain, pour m'entendre et me mieux juger… Va-t'en !

DANIEL.

Mais je ne t'insulte point, Judith…

JUDITH.

Oh ! si !… Moi, occupée de lui, de lui qui était là !… Oh ! tu me méconnais et tu m'outrages !

DANIEL.

Mais je veux seulement te mettre en garde contre un entraînement de ton imagination… Ces choses, avant que vous vous en soyez aperçues, vous les jeunes filles, ces choses nous sautent aux yeux, à nous autres hommes.

JUDITH, *s'exaltant.*

Tais-toi ! *(Elle lui prend les deux mains et le pousse vers le portail.)* Vous autres hommes, vous avez entre vous des haines, des rivalités, des jalousies qui vous égarent !… Va, ce soir, va-t'en ! Mais demain, quand j'aurai prié, quand, auprès de votre Dieu, je me serai longuement humiliée, reviens causer avec moi !… Oh ! tu nous suivras en Hollande, mon cher Daniel, tu ne renieras pas la foi de nos pères ; j'ai répondu de ton âme devant notre commune aïeule… Ce soir, vois-lu, ce soir, tu n'es pas en état de m'entendre… ni moi peut-être de te bien parler… *(Elle continue de le pousser vers la porte.)* Mais je prierai… Oh ! tu te trompes, j'ai fait abnégation de tout dans la prière ; contre les pièges de Satan, je me sens bien armée… Et je suis encore l'exaltée et la petite voyante d'autrefois, celle que, dans notre enfance, tu appelais la Prophétesse… Je te ramènerai vers le Seigneur !… Demain, promets-le-moi, tu reviendras ici, dans le jardin, écouter, avec un cœur apaisé et patient, écouter la prophétesse Judith… Va-t'en !

DANIEL.

Eh bien, oui, je tâcherai, là, de revenir et de t'entendre… Allons, adieu, Judith… et pardonne-moi…

Il sort. — La nuit, de plus en plus, est tombée. Judith garde d'abord un silence haletant, après que le portail s'est refermé sur lui. Un hibou chante dans le lointain.

Scène VIII

JUDITH et JEANNE.

JUDITH, *à Jeanne, la voix redevenue lente et calme.*

Retournons nous asseoir là-bas sur les marches de pierre, veux-tu, comme nous faisions au temps de notre enfance, durant les longs soirs de mai… Oh ! la belle nuit douce qui vient, n'est-ce pas ? Je n'espérais plus en avoir de pareilles avant notre fuite, de pareilles nuits, dans notre vieux jardin… Cinq ou six jours, vient de dire mon père !… Quel effroi nouveau cela jette dans mon âme !…

JEANNE.

Et, au contraire, moi qui ai comme une hâte enfiévrée que ce départ soit un fait accompli !

De nouveau le hibou chante. Elles s'asseyent toutes deux sur les marches du perron, Jeanne plus bas que Judith et s'appuyant sur ses genoux. Une fenêtre, en haut de la maison, s'éclaire et on distingue, à travers les rideaux, une ombre qui semble bercer un enfant.

JUDITH.

Écoute ! Même les hiboux du clocher, qui se trompent de saison et qui jettent leur cri des nuits d'été… Maintenant, Jeanne, reparle-moi de cette jeune fille, tu sais, de cette Blanche de Prémontal… Tiens, tu les entends chanter, les hiboux, tout comme durant le beau mois de juin ?

Une voix de vieille femme, dans la chambre éclairée, commence une chanson à dormir.

JEANNE, *souriant.*

Ta vieille bonne aussi, chante.

LA VOIX, *chantant.*

« Passe, la Dormette, — passe vers chez nous, — pour endormir Daniel, — jusqu'au point du jour. »

JUDITH.

Oui, la chanson qui nous a bercés tous… Ce soir, c'est pour endormir le petit Daniel… et je l'entends peut-être ici pour la dernière fois de ma vie… Oh ! Jeanne, je n'ai plus mon courage d'avant, je t'assure… Blanche de Prémontal, c'était bien cela, son nom, à cette jeune fille de Châtellerault ?… Que lui a-t-elle dit, la noble fille, au chef des dragons pour le fléchir ?… Les détails que tu sais, répète-les-moi… et comment elle s'y est prise…

ACTE TROISIÈME

Tableau premier.

La sacristie de l'église. Vieux murs de pierre fruste. Voûte en arceaux. Porte au fond donnant sur le chœur ; porte à droite donnant sur le préau. Bahuts pour les ornements religieux. Au milieu, contre un lourd pilier gothique, une grande table, sur laquelle est dressé un très modeste couvert d'enfants : petites assiettes, petits gobelets d'étain et petites cuillers de bois. Une dizaine d'enfants huguenots, dont l'aîné peut avoir douze ans, sont là, debout, muets, dans des attitudes craintives ou consternées. La Benoîte achève, en bougonnant, de dresser ce couvert pour eux ; puis elle prend un balai.

Scène PREMIÈRE

LA BENOÎTE, puis LE CURÉ.

LA BENOÎTE.

Seigneur ! Ce que vous en faites de la saleté, partout, mes pauvres enfants ! Une sacristie qui était si propre !

Elle balaye avec humeur. La porte du fond s'ouvre, par laquelle on aperçoit l'église et les dorures de l'autel. Et le curé entre, revêtu de ses ornements baptismaux.

LE CURÉ.

Allons, viens m'accommoder, ma bonne Benoîte… Encore deux de ces baptêmes par force, devant des parents en larmes, comme j'en ai déjà fait tant durant ces funèbres jours… Ah ! les « nouveaux catholiques » ! De les baptiser, vois-tu, ma conscience, après, en demeure inquiète comme d'un crime… J'obéis parce que l'on me commande. Mais non, je ne puis croire qu'elle soit agréable à Dieu, l'œuvre de violence que l'on me fait accomplir là !... Et, ont-ils été sages, nos petits pensionnaires, hein ? Pas trop de pleurs, au moins ?

LA BENOÎTE, *d'un air grognon, aidant le prêtre à retirer son surplis blanc.*

Hum ! sages ? oui ! Eh bien, ce serait du joli, s'ils n'étaient pas sages, après ce que vous faites pour eux. Mais, par exemple, pour la propreté, vous devez comprendre... Regardez-moi un peu ce plancher, depuis deux jours seulement que ça loge ici, toute cette petite graine de huguenots ! Mais regardez-moi un peu ce plancher !...

LE CURÉ.

Prends patience, ma Benoîte, ils ne sont pas pour longtemps chez nous, va, ces pauvres petits « huguenots », comme tu les appelles.

LA BENOÎTE.

Elle ne tient plus, votre dentelle, vous savez, monsieur le curé ! Si je peux encore vous la laver et vous la raccommoder une fois, ce sera tout le bout du monde... Jésus Seigneur ! c'est que vous l'avez encore déchirée !

LE CURÉ.

Déchirée ? Et où ça donc, ma fille ?

LA BENOÎTE.

À la même place que de coutume, pardi, au poignet, tenez !

LE CURÉ.

Ah ! toujours ces petits clous autour de la nappe de l'autel, tu sais. Quand j'élève le bras, comprends-tu, ma manche s'accroche.

LA BENOÎTE.

S'accroche, s'accroche… Je ne dis pas qu'elle ne s'accroche pas, moi, votre manche… Mais je ne peux pas suffire à tout, pourtant ! Raccommoder la dentelle, faire la cuisine aux petits huguenots, les coucher, les laver, les amuser… car, Dieu me pardonne, vous voulez aussi qu'on les amuse…

LE CURÉ.

Allons, la Benoîte, tu es meilleure que cela, d'habitude, ma brave fille. Calme-toi… Et que leur as-tu préparé pour souper, à mes petits huguenots ?

LA BENOÎTE.

Oh ! quant à cette fois, ils ne manqueront de rien, vous pouvez m'en croire : de la soupe aux choux, du gâteau de maïs et de la bouillie au lait. Mais, si ça dure, je ne sais pas trop, les jours suivants, ce que je leur servirai, dame ! D'ailleurs, tant de provisions au marché, tant de pain à la boulangerie, ça finira par donner l'éveil, oui ! Et si nous sommes pris ! Seigneur !... Tenez, il y a ce petit noiraud dans ce coin, ce qu'il mange à lui tout seul, celui-là, ce qu'il mange !

LE CURÉ, *doucement rieur, caressant ce petit noiraud.*

Un bon estomac, ma fille, est un don de Dieu.

LA BENOÎTE, *pliant et rangeant les ornements baptismaux.*

C'est que ça nous ruine, monsieur le curé, toute cette mangeaille ! Et finir l'année, et joindre les deux bouts, jamais vous n'y pensez vous ! Ça ne vous inquiète pas, non ? Ça nous ruine, je vous dis que ça nous ruine !... *(S'excitant de plus en plus en rangeant les objets dans le bahut.)* Et puis, sans parler des galères ou de la prison que vous risquez à ce jeu-là pour vous et votre servante... oui, même sans parler de toutes ces choses, vous croyez donc faire bien, monsieur le curé, sauf le respect que je vous dois, en protégeant ainsi les protestants ?

LE CURÉ, *très patient, très doux.*

Allons, réfléchis toi-même, ma fille, avec ton bon sens et ton bon cœur. Oh ! si j'avais pu, par mon faible enseignement, par ma faible parole les convertir à notre sainte religion catholique, je l'aurais préféré, tu peux m'en croire ! Mais tu juges bien qu'avec leurs parents, à ces petits, un tel miracle, hélas ! ne me serait pas possible, car, aussi bien que moi, tu les connais pour des protestants très convaincus et très obstinés, tous, les Texier de Saint-Pierre, les Nougé d'Arceau, les Massé et les Thénard. Et tu sais, n'est-ce pas, que, plutôt que de se soumettre, ils se cachent, au risque des galères ou de la peine de mort, ils se cachent depuis deux jours là-bas, dans les marais de Saint-Georges, attendant l'occasion favorable pour s'en aller au pays d'exil, où leurs frères du continent les ont devancés. Sans scrupule de conscience, va, je leur aurais donné asile à tous jusqu'à ce départ, si j'avais pu. Faute de mieux, je loge leurs petits, pour leur éviter au moins le froid des nuits et la mouillure des averses. Est-ce toi, la Benoîte, qui me conseillerais de ne pas les garder avec soin, puisqu'ils me sont confiés ?

LA BENOÎTE, *déjà radoucie.*

Et combien de temps ça durera-t-il, cette garde, mon Dieu Seigneur !... Mais il me semble, à moi, tout de même, qu'ici, dans cette sacristie, qui, pour tout dire, est bénite comme l'église, eh bien, que ce n'est pas une place pour loger des petits païens comme eux ! Sauf le respect que je vous dois, monsieur le curé, m'est avis que vous offensez la Sainte Vierge et le bon Dieu, en les logeant où nous sommes !... Seigneur Jésus, dans une sacristie !...

LE CURÉ, *toujours très calme et qui vient d'attirer deux autres enfants contre ses genoux.*

Et où veux-tu que je les mette, ma fille, où veux-tu que je les cache, les pauvres petits anges ? Déjà ma cure, tu le sais bien, est quasi suspecte aux dragons du roi, depuis que j'ai tenté d'y donner asile à des protestants. Ici, au moins, on n'entend pas le bruit qu'ils font, ni leurs petites voix quand ils pleurent. Où veux-tu que je les mette, dis-le !… Non, c'est bien ici la seule place qu'il me reste, vois-tu, pour les tenir en sûreté. D'ailleurs, tranquillise-toi, ils n'y sont plus pour longtemps. Et, je puis bien te le dire tout de suite ; tu n'as pas besoin, ma fille, de te préoccuper de leur dîner pour demain soir.

LA BENOÎTE, *inquiète.*

Pas de dîner demain, vous dites ? Et pourquoi ?

LE CURÉ.

Parce que cette nuit, à dix heures, tu m'entends bien, les parents qui me les avaient confiés me les reprendront. Oui, ce soir, ils viendront les chercher, et, à la grand'côte, vers les minuits, ils tenteront de s'embarquer tous sur un vaisseau de Hollande, parti de La Rochelle ce matin pour les recueillir.

LA BENOÎTE, *tout à fait radoucie et serrant deux petits contre elle avec tendresse.*

Cette nuit ! à la grand'côte ! Oh ! les pauvres chers petits !

LE CURÉ, *désignant l'un d'eux.*

Pour celui-là, pour le petit Jean, qui n'est pas couvert, prépare un de mes vieux manteaux, ma bonne fille, car la nuit sera froide.

LA BENOÎTE.

Vos vieux manteaux ! Mais… la semaine dernière, vous ne vous rappelez donc pas ? à ces protestants qui sont partis par une barque de Gascogne, vous les avez donnés tous deux, vos vieux manteaux.

LE CURÉ.

Eh bien, tu donneras le neuf, voilà tout.

LA BENOÎTE.

Attendez ! non ! j'ai mon grand châle à moi… ça irait aussi bien, me semble, pour l'envelopper, ce petit…

Scène II

Les Mêmes, LE BEDEAU.

LE BEDEAU, *accourant par la porte de l'église.*

Le capitaine des dragons ! Le capitaine des dragons, qui sort de la cure, voulant vous parler, monsieur le curé !

LA BENOÎTE.

Seigneur ! Sainte Vierge Marie, ayez pitié de nous !

LE BEDEAU.

Et la vieille Suzette vous l'amène ici, trottant menu, grâce à Dieu ! par la grand'rue. Et moi, qui entendais ça dans le jardin, j'ai sauté par-dessus la palissade du verger pour au moins vous avertir.

LA BENOÎTE, *affolée.*

Cachons-les, monsieur le curé ! Oh ! essayons encore, au moins de les cacher ailleurs !

LE CURÉ, *égaré lui aussi.*

Et où ça, ma bonne fille ? où ça, les cacher ?

LA BENOÎTE.

Dans votre église, tiens ! Derrière l'autel, dans le petit caveau sous l'autel, tous ! On ne viendra pas les chercher jusque-là, peut-être !… Et puis, la Sainte Vierge en aura pitié à la fin !… D'ailleurs, pour les avoir, il faudra qu'on me passe sur le corps !

Mouvements des petits, qui se jettent tous contre les jupes de la Benoîte.

LE CURÉ.

Allons, calme-toi. Pourtant j'aime mieux te voir ainsi, ma brave fille. Au moins je te reconnais, à présent. Oui, c'est ça, sous l'autel, va, je te le permets. *(Au bedeau.)* Cours au-devant de lui, toi, mon bon Sylvain. Dis-lui que cette porte-là *(désignant la porte sur l'église.)*, que cette porte… la clef est perdue. Dis-lui que je suis à ses ordres, mais qu'il veuille bien faire le tour, par ce côté, par le préau. *(Il désigne la porte de droite.)* Va, cours vite ! *(Le Bedeau sort en courant. À la Benoîte, pendant qu'elle s'en va, effarée, avec les petits, par la porte du fond.)* Toi, ma bonne fille, c'est le ciel qui t'a inspiré cette idée. Oui, sans crainte de la profaner, cache-les dans mon église. Oh ! mais n'aie pas tant de peur. Je m'étonnerais trop, vois-tu, que le capitaine d'Estelan fût venu pour… Cela ne lui ressemblerait pas. Non, c'est quelque autre chose qui l'amène. Allez sans crainte, mes chers petits. *(La porte du fond se referme sur les petits huguenots, qui ont disparu avec la Benoîte dans l'Église. Le prêtre, resté seul, prie, les yeux levés.)* Daignez, Seigneur, daignez, Vierge Marie, m'éclairer ! Si je viens de mal faire, punissez-moi, mais épargnez ces innocents qui m'étaient confiés. *(Très grave.)* Et faites, Seigneur, que sur leurs petites personnes, un nouveau crime ne soit pas commis au nom de votre sainte Église !…

Scène III

LE CURÉ, RAYMOND.

<small>Le bedeau reparaît par la porte de droite, puis s'efface pour laisser passer Raymond d'Estelan, qui se découvre et s'incline.</small>

RAYMOND, *très respectueux et grave.*

Je voulais m'ouvrir à vous, monsieur le curé, bien que je ne vous connaisse point encore. Mais sachez que je suis seul au monde : or les prêtres, d'ordinaire, ne refusent pas les conseils, et je viens prendre les vôtres, implorer votre secours… *(Regardant la table et le couvert des petits huguenots.)* D'abord, excusez, je vous prie, ma trop grande impatience… Votre repas, peut-être le troublé-je, en venant à cette heure ?

LE CURÉ, *inquiet toujours.*

Mon repas ? Non ! Oh ! ce n'est pas pour moi, ce couvert-là, c'est… c'est pour… c'est pour des petits pauvres de ma paroisse. *(Il lui offre une chaise.)* Remettez-vous, monsieur la capitaine. Et si vous désirez, mon cher enfant, que je vous entende comme au confessionnal, vous m'y voyez tout prêt.

RAYMOND.

Au confessionnal ? Non, et, je vous l'avoue, depuis des années j'ai cessé de m'y agenouiller. Je ne sais même si je le pourrais faire encore. Mais ici nous sommes bien pour causer, ce me semble, si vous consentez à m'entendre.

LE CURÉ.

Parlez donc, mon fils, et, pour vous répondre, que Dieu m'inspire.

RAYMOND.

Vous me voyez tout novice encore, monsieur le curé, dans ce métier de convertisseur que les ordres du roi m'obligent à faire. Avant, je faisais partie de l'armée de Flandre… J'ai assisté à la prise de Valenciennes et de Cambrai… Je veux bien qu'ils soient des hérétiques endurcis et des conspirateurs dangereux, tous ces huguenots, je le veux bien. Mais c'est égal, contre des enfants et des femmes, la violence me répugne.

LE CURÉ.

Bien, cela mon fils ! Et, Dieu soit loué, vous êtes, vous au moins, un vrai gentilhomme de France.

RAYMOND, *d'une façon soudaine, après un silence.*

Mon père, vous connaissez les Renaudin, car vous sortiez de chez eux la première fois que j'y suis entré.

LE CURÉ.

Sans beaucoup les connaître, mon fils, je suis leur voisin, il est vrai, depuis des années. Je les tiens en haute estime, et, le jour où l'édit terrible fut affiché au poteau de la grand'place, je suis entré pour leur témoigner ma sympathie ; voilà tout.

RAYMOND.

Ils sont parmi les plus obstinés, n'est-ce pas, des hérétiques de Saint-Pierre ?

LE CURÉ.

C'est-à-dire, ils sont, je crois, les chefs du parti protestant dans notre île.

RAYMOND.

Et leur fille Judith ? Obstinée, elle aussi, vous pensez, contre notre sainte Église ?

LE CURÉ.

Leur fille Judith ? Que lui voulez-vous donc, mon fils, à leur fille Judith ?…

RAYMOND.

Avec les parents, n'est-ce pas, ni l'intimidation ni la violence ne nous serviraient ; mais la douceur peut-être, la persuasion de votre parole… Et si vous tentiez, monsieur le curé, de lui faire comprendre, à elle, que je suis bon gentilhomme, que j'ai là-bas, en Quercy, mon château et quelques terres, que si elle consentait à me suivre…

LE CURÉ, *interrompant.*

Que voulez-vous dire, mon fils, et où voulez-vous en venir ?

RAYMOND.

Oh ! pas ce que vous semblez supposer, monsieur le curé… Mais, de ma famille, je suis le dernier, le seul qui reste. Déroger pour elle me serait donc indifférent. Et je l'épouserais, mon père, ici dans votre église, et je vous demanderais pour nous deux la bénédiction sainte.

LE CURÉ, *lui prenant la main.*

Combien je me sens touché, mon cher enfant, de vous entendre parler avec cette loyauté !... Et dire qu'on vous avait dépeint à moi comme un homme sans pitié et sans cœur. Je le savais bien, moi, rien qu'à votre visage, rien qu'à vos yeux, qu'ils vous méconnaissaient, ceux qui vous avaient jugé ainsi. Et je voudrais tant vous servir ! Mais, hélas ! ce que vous me demandez là, voyez-vous, n'est pas en mon pouvoir.

RAYMOND.

Pas en votre pouvoir, mon père ?... Quoi, si vous rouliez, d'une façon particulière et avec douceur, prêcher devant eux la vérité que vous enseignez aux paroissiens de votre église, vous ne les ramèneriez pas à notre sainte religion catholique, vous n'en feriez pas des chrétiens ?

LE CURÉ.

Des chrétiens ! Mais ils le sont déjà, mon fils, et peut-être même, quoi qu'il soit pénible à un prêtre d'en faire l'aveu, leur foi en Notre-Seigneur, avivée par tant de persécutions, est-elle en ce moment plus ardente que la nôtre. Ah ! vous avez raison de vous dire novice dans ce rôle de convertisseur que le roi vous impose... Vous ne la connaissez pas, leur obstination aveugle, devant laquelle nos prédications les plus persuasives, nos paroles les plus saintes, viennent échouer toujours. Il n'y a rien à faire, croyez-moi ; non rien...

RAYMOND.

Oh ! mon père, essayez pourtant, je vous en conjure. Puisque le Christ, au dire des prêtres, accomplit des miracles encore, priez-le pour moi, voulez-vous. À elle-même, tenez, à la demoiselle Judith, si vous lui parliez, si vous lui disiez que…

LE CURÉ.

À elle ! mon pauvre enfant ! Mais elle, justement, elle, la demoiselle Judith, je l'ai entendue au milieu des siens parler comme une illuminée. Il semblait que son hérésie fût sanctifiée par l'ardeur de sa foi, et j'ai vu son regard rayonner comme celui des jeunes martyres. Non seulement elle n'abjurerait jamais, jamais, vous m'entendez, mais de plus elle se refuserait sans doute toujours à épouser un catholique, quand même nous verrions revenir des temps plus calmes où ces tristes mariages seraient autorisés par l'Église. Renoncez donc avec courage, mon cher fils, à cette chimère que vous aviez caressée. Un abîme est creusé entre vous deux, ne gardez point d'espoir…

> **RAYMOND**, *se lève, marche un instant en silence, de long en large, agitant son chapeau, puis, la voix différente et plus sombre.*

C'est bien, monsieur le curé. Excusez-moi d'être venu vous troubler jusqu'ici… Vous ne pouvez, vous ne voulez rien faire pour moi, je m'en vais… Je m'en vais continuer de remplir mon devoir contre ces protestants de malheur !…

LE CURÉ, *lui prenant les deux mains et le retenant.*

Monsieur d'Estelan, vous étiez venu me demander un service, et je vous l'aurais rendu de tout mon cœur, allez, s'il eût été possible à mes faibles moyens… Eh bien, avant de partir, laissez-moi vous adresser un conseil, le conseil d'un prêtre et d'un vieillard. *(Pendant que Raymond, qui écoute à peine, ouvre la porte pour s'en aller.)* Puisque vous l'aimez si noblement cette jeune fille, soyez clément, à cause d'elle, envers ceux de sa religion. Soyez clément, monsieur le capitaine, soyez pitoyable !

RAYMOND, *se dégageant.*

Ah ! non, vous tombez mal aujourd'hui, monsieur le curé, pour m'attendrir. Non, laissez. Je ferai mon devoir, vous dis-je, et là peut-être trouverai-je le remède au mauvais enchantement qu'elle a jeté sur moi, le remède et l'oubli…

Il sort.

Scène IV

LE CURÉ, LA BENOÎTE, Les Enfants.

LE CURÉ, *aussitôt le départ de Raymond, barrant la porte du dehors et se hâtant de rouvrir la porte de l'église.*

Allons, mes petits-enfants, vite à table !… *(Frappant presque gaiement dans ses mains.)* Oui, oui, c'est bien vous que j'appelle. L'alerte est passée, rentrez tous ! Ramène-les, ma Benoîte, et hâte-toi de leur donner la soupe !

Ils rentrent bruyamment, les aînés s'asseyent à table. La Benoîte assied les plus petits en les élevant sur des antiphonaires. Confusion d'un instant et tapage.

LA BENOÎTE.

Ah ! dame, ça l'a fait froidir un peu, votre soupe aux choux, mes petits, vous pensez bien… Mais elle sera bonne tout de même, j'imagine… pas vrai ?… surtout pour toi, mon petit goulu de noiraud, là-bas, hein ?…

LE CURÉ.

Là, fais un peu de silence, ma brave Benoîte, à présent. Il faut qu'ils prient, ces pauvres enfants, avant de prendre leur dernier repas ici, dans cet asile de sécurité d'où ils vont sortir…

LA BENOÎTE.

Allons, joignez vos petites mains, tous, et suivez bien les paroles que Monsieur le curé va dire pour vous.

Les enfants joignent leurs mains et regardent le prêtre qui prie.

LE CURÉ.

« Seigneur Jésus, ayez pitié de nous tous qui allons partir pour le long voyage ; ayez pitié de nos parents dans le danger suprême. Enfin, Seigneur, nous vous prions aussi pour ce capitaine de dragons qui était là tout à l'heure, et qui nous persécute. » Et maintenant nous allons répéter le Pater tous ensemble… car c'est la même chose, pas vrai, notre Pater ou le vôtre, mes enfants ?

Il se signe.

LA BENOÎTE.

Ah ! mais, j'y songe, c'est qu'ils le récitent en français, eux, monsieur le curé… et puis aussi… *(indignée)* ils tutoient le bon Dieu, dans leur religion…

LE CURÉ.

Eh bien, que l'un de vous le dise ; voyons, toi, mon petit Jean, qui me parais le moins timide de la bande, lève-toi et récite-la comme tu la sais, l'oraison dominicale… Allons, lève-toi. *(Le petit Jean, se levant avec quelque hésitation intimidée :)* « Notre père qui es aux cieux, que ton nom soit sanctifié, que ton règne vienne, que ta volonté… »

La Benoîte le détourne, se mouche et pleure. — Nuit sur le théâtre qui change.

Tableau deuxième.

À la grand'côte, par une nuit sombre. Des dunes et des broussailles. On aperçoit les volutes blanches des brisants ; au loin, sur l'Océan gris, la silhouette d'un vaisseau sans voiles et sans feux. On entend le grand bruit de la mer.

Scène PREMIÈRE

LA BENOÎTE, Paysans, Protestants, Enfants.

En tête d'un cortège d'enfants et de grandes personnes, qui entre par la droite et chemine avec précaution sur le sable, la Benoîte s'avance, donnant la main d'un côté à une toute petite fille, de l'autre au petit Jean (celui qui tout à l'heure a dit la prière) ridiculement entortillé dans un châle de femme.

LA BENOÎTE, *à demi-voix répond en se retournant à l'un des deux hommes qui suivent.*

Mon châle ? me le rendre mon châle ?… Eh ! pourquoi ça ? Non, non, vous le garderez au contraire ; il lui servira de couverture pendant la traversée à votre petit…

L'HOMME.

Brave fille ! Ah ! comment vous dire merci ! *(Il lui prend la main. Tout le cortège s'est arrêté, regardant la mer et le vaisseau lointain.)* Mais à présent, retournez, rentrez chez vous. Puisque, grâce à Dieu, nous voici au terme de notre course, hors de danger, quittez-nous. Dites-lui adieu, à notre petit Jean ; rentrez à la cure prendre un peu de repos et de sommeil.

LA BENOÎTE.

Nenni ! Je ne m'en irai point encore ! Suis-je pas un peu leur bonne, à présent, à ces petits-là ?… Quand la barque du vaisseau sera venue et que je vous verrai tous montés dedans, alors, oui, je m'en reviendrai tranquille et contente, à la petite fraîcheur du matin… Mes vieux os, à moi, ne craignent pas grand'chose, et les dragons du roi ne me conteront pas fleurette en chemin, allez !… *(Mettant la main devant ses yeux et regardant le large.)* D'ailleurs, me semble que je la vois venir, moi, cette barque, avec mes bons yeux de soixante ans !

L'HOMME, *à ceux qui suivent, tandis qu'une barque venant du vaisseau se dessine vaguement sur la mer.*

Dieu soit loué, voici la barque qui vient à nous, mes très chers frères ! Tous ensemble, rendons grâce à l'Éternel.

Scène II

Les Mêmes, RAYMOND et Les Dragons.

De derrière les broussailles de gauche, les têtes des dragons, qui se tenaient là en embuscade, se dressent toutes à la fois et on entend leurs rires de triomphe.

RAYMOND, *sortant de derrière une broussaille de tamarins, le bras tendu et l'épée haute.*

Au nom du roi !

Mouvement général des protestants pour fuir vers la droite avec des cris.

LE SOUS-OFFICIER FRANÇOIS, *apparaissant aussi, aux dragons qui le suivent.*

Feu sur les fuyards ! Allons, feu !

Coups de feu. Quelques-uns des protestants s'affaissent sur le sable, entre autres le petit Jean, qui tombe frappé à la poitrine.

LE SOUS-OFFICIER FRANÇOIS, *aux dragons qui s'avancent derrière lui, portant des chaînes.*

Allons, les chaînes !… Entourez-les, cernez-les !

Les protestants qui n'ont pas été frappés s'arrêtent dans leur mouvement de fuite et se jettent à genoux.

LA BENOÎTE, *qui a relevé dans ses bras le corps du petit Jean et qui se tient seule debout devant Raymond dans une attitude de défi.*

Ah ! c'est vous, monsieur d'Estelan !... Ah ! vous en faites de la jolie besogne, monsieur le capitaine !... Ah ! gueux et pendards que vous êtes tous !

LE SOUS-OFFICIER FRANÇOIS, *aux dragons, désignant la Benoîte.*

Empoignez-la !

LA BENOÎTE, *à Raymond.*

Je suis une catholique, moi ! et une servante de curé encore ! Et je vous le dis, oui, que vous êtes des gueux et des pendards !... Mais regardez donc ce que vous en avez fait, de ce petit ! Il priait pour vous tout à l'heure, vous savez ! Mais regardez-le donc !

LE SOUS-OFFICIER FRANÇOIS, *aux dragons hésitants.*

L'empoignerez-vous, à la fin, cette vieille folle !

RAYMOND, *reculant devant le cadavre plein de sang du petit huguenot que la Benoîte, empoignée par les dragons, lui présente encore.*

Oh ! non, à d'autres ce métier-là !... Je ne peux plus, moi ! *(Il jette à terre son grand feutre à plumes.)* Non, je ne peux plus, je ne peux plus !...

ACTE QUATRIÈME

La chambre de Raymond d'Estelan. — Les fenêtres sont ouvertes sur la campagne obscure et la nuit étoilée. — Des armes et une grande carte de l'île d'Oleron sont accrochées à la muraille.

Scène PREMIÈRE

RAYMOND, PHILIPPE, TROIS LIEUTENANTS DE DRAGONS, puis FRANÇOIS, puis HUBERT.

Des officiers, assis autour d'une table où est posée une lampe, jouent aux dés. Des dragons leur servent à boire.

PREMIER LIEUTENANT, *à Philippe de Flers, en jetant les dés.*

Cinq et quatre neuf, et onze, vingt !… Dans le Poitou, mon cher, c'est pour rien, les terres !… Aux environs de Poitiers, en descendant jusqu'à Niort ou en tirant vers l'Angoumois, avec une livre d'or, tu m'entends, on achèterait une lieue de pays…

RAYMOND, *interrompant.*

Ah !… Pourquoi ça ?

PREMIER LIEUTENANT.

Tiens, pourquoi ?... Eh ! la contrée est à moitié vide, par là ; qu'est-ce que tu veux, c'était tout protestants dans la province ; alors, les uns échappés en Hollande, les autres, logés sur les galères du roi, leurs biens confisqués, ça se revend pour un morceau de pain... Avis à toi, d'Estelan, si le cœur t'en dit de devenir propriétaire en Poitou.

RAYMOND, *jetant les dés à son tour.*

Grand merci ! D'abord, je n'ai pas perdu au jeu le bien de mes pères et il me suffit avec la solde du roi. Et puis, non, de tels bénéfices, à moi, ne me vont pas !

PREMIER LIEUTENANT.

Oh ! toi, d'ailleurs, tu as des idées !... *(Il lui tourne le dos et continue à parler à Philippe.)* Le grand Louis de Sérignac, tu sais, qui s'était joliment ruiné aux jeux de Versailles, eh bien, mais il s'est refait une fortune là-bas. C'est sa cousine, madame de Sévigné, qui lui a écrit : « Va-t'en, va-t'en vite en Poitou... » Et il y est allé, au vrai moment, et s'en est bien trouvé, tu peux m'en croire... *(Continuant de jouer aux dés ; à Raymond qui est distrait.)* Sept ! À toi d'Estelan, à toi de jouer !... Il est un peu dans la lune, notre capitaine, depuis quelques jours ! *(À Philippe.)* Mon ami, pour toi, qui as pas mal écorné ton avoir...

PHILIPPE, *riant.*

Oh ! tu peux même dire écorné tout à fait, tu sais !

PREMIER LIEUTENANT.

C'était pour te ménager, mon cher. Enfin, bon ! mettons tout à fait… Eh bien, pour toi, comme pour moi, comme pour tous les désargentés de la cour, je vois des coups superbes en ces temps-ci…

PHILIPPE.

Tu t'imagines bien, n'est-ce pas, que j'y ai déjà songé, hein !… *(Jetant les dés.)* Neuf !… Au Poitou, trop tard. Madame de Maintenon vient d'envoyer là un de ses protégés un Montferrand, qui a raflé les dernières bonnes terres ; le reste, les bourgeois de Niort ou de Poitiers sont en train de se les partager, et à bon prix. Plus rien que des lopins, trop minces pour les gens comme nous… Mais sans aller si loin, je te dirai qu'il y a ici, dans l'île, des biens considérables. C'est un pays de Cocagne, dans lequel on nous a logés, mon cher… Et croirait-on, hein, que jusqu'à présent ils étaient restés si tranquilles, les hérétiques, dans ce recoin-là !… Car avant notre arrivée, il n'y a pas à dire…

PREMIER LIEUTENANT.

La terre des Renaudin, par exemple, ne serait pas à dédaigner, tu sais… Leurs vignes de Dolus et leurs marais de Saint-Georges, ça dépend du prix auquel ça montera, mais j'en ferais bien mon affaire.

PHILIPPE.

Et de leur fille aussi, pas vrai, si on te la prêtait par-dessus le marché.

En jetant les dés, il chante galamment :
Au berger qui l'aime
La nymphe attendrie…
Entre le sous-officier François, portant un papier à la main.

TOUS, *sauf Raymond.*

Ah ! maître François ! Salut au grand convertisseur ! Combien de nouveaux catholiques ? Voyons la liste !

FRANÇOIS.

Rien que dix-sept, mes capitaines… et encore on a eu du mal. Chez les Bonneau, il a fallu recourir aux grands moyens. *(Tous rient, sauf Raymond.)* Le fouet aux filles, à peau nue, et la pendaison aux hommes… Ah ! ça n'a pas marché tout seul, allez !

RAYMOND, *sombre.*

Qu'est-ce que je lui entends dire, à celui-là ?… Je l'avais interdite ce me semble, la pendaison.

FRANÇOIS, *s'inclinant avec une obséquiosité presque narquoise.*

Oh ! par les pieds seulement, mon capitaine… et, avec un bon cordial après *(Il fait le geste de fouetter.)* pour rétablir la circulation du sang, les hérétiques n'en meurent point, croyez-le bien.

PHILIPPE.

À la bonne heure, mon vieux François, je vois que ça commence à chauffer ! *(Aux deux sous-lieutenants.)* Oh ! mes amis, c'est en Poitou que ça marchait ! *(Regardant Raymond.)* Pas de sensibilité pour un liard, notre capitaine d'alors, j'en réponds !… Non, ce qu'on les a secoués, les Réformés, dans ce pays-là !… et ce qu'on a bu, du vin de Huguenot !

Une grande lueur apparaît aux fenêtres.

PREMIER LIEUTENANT, *à François.*

Ah ! ça y est !… C'est chez les Pellier, n'est-ce pas ?

FRANÇOIS.

Tout juste, mon lieutenant !… C'est le sergent Valéry qui y travaille avec dix hommes, comme vous l'aviez commandé… Aussi ils étaient trop têtus, ceux-là, en vérité !

RAYMOND, *frappant la table du poing.*

Le feu à leur maison !... Nom de Dieu ! Cela, je l'avais défendu, par exemple !

PHILIPPE.

Défendu, défendu, mon cher ! À la fin, tu nous fais faire une dragonnade à l'eau de roses, tu sais !... Eh bien, en voilà un pays que l'île d'Oleron ! Tous protestants, ici ! Le curé, protestant ! Le capitaine des dragons, protestant !... Non, c'est à mourir de rire, et je donne ma démission, moi !

RAYMOND, *en qui la colère monte.*

Protestant ! protestant ! Voici deux fois que vous me la faites, cette plaisanterie-là, et elle me déplaît, vous m'entendez !

Le sous-officier se retire cauteleusement.

PHILIPPE.

Dame, mon cher, tu en as l'air, toujours, si tu ne l'es pas.

RAYMOND.

L'air que j'ai n'importe qu'à moi seul. Mais c'est moi qui commande ici, et j'entends qu'on m'obéisse, voilà tout.

PHILIPPE, *persifleur.*

Oh ! on vous obéira, mon capitaine… Diable, tu nous le fais sentir, ton grade, et on s'aperçoit qu'il est nouveau ! Mais si nous parlons discipline, quand nous sommes ici entre camarades, oh ! alors…

Le dragon Hubert, qui est le serviteur de Raymond, entre brusquement, comme voulant parler à part à son maître pour quelque affaire grave.

RAYMOND, *continuant sans prendre garde.*

Soit, laissons la question de discipline. Au surplus, je vous jure que dorénavant je saurai obtenir que vous m'obéissiez tous… Reste la question d'homme à homme que nous réglerons séance tenante, si vous voulez bien. *(Il se lève et tire son épée.)* Oui, il me déplaît d'être appelé protestant, et d'ailleurs, j'en ai assez de vos façons à tous depuis ce soir… en particulier des tiennes, Philippe !

PHILIPPE, *qui se lève et dégaine aussi, sans conviction cependant.*

À tes ordres, mon cher !

PREMIER LIEUTENANT, *pour apaiser.*

Allons, d'Estelan ! Allons, de Flers, Voyons, que diable ! attendez à demain, par grâce.

HUBERT.

Mon capitaine, un mot à vous dire.

PREMIER LIEUTENANT.

Vraiment, vous n'y pensez pas, deux vieux compagnons d'armes, s'embrocher pour un rien comme ça… Attendez, réfléchissez, pour l'amour de Dieu !

HUBERT, *insistant.*

La demoiselle Judith Renaudin, qui est là en bas, qui demande à vous parler.

RAYMOND.

La demoiselle Judith !… Judith Renaudin !… Ah ! non, tu rêves.

Dans le groupe des officiers, debout au fond de la scène, on continue à demi-voix avec agitation.

HUBERT.

Je la connais pourtant bien, parbleu !

RAYMOND, *à Hubert, sans prendre garde à ce qu'en lui dit de là-bas.*

Elle veut me parler, à moi ? Tu es sûr de ce que tu me contes, Hubert ?

HUBERT.

Oui, vous parler et en particulier.

RAYMOND, *dans un trouble extrême.*

Oh ! en particulier, bien entendu ! Ce n'est pas devant tous ces moineaux-là que je vais la recevoir, tu peux le penser… Dis-lui… non, prie-la de patienter un instant… *(Montrant la gauche.)* De ce côté, dans la petite cour… ou plutôt, reste ici… attends, ça va être tout de suite fait.

PREMIER LIEUTENANT.

De Flers, d'Estelan, je vous en conjure, remettez l'épée au fourreau. Réfléchissez, mes amis, jusqu'à demain.

RAYMOND, *se rapprochant du groupe des officiers et jetant son épée sur la table.*

Eh bien ! oui, alors, à demain, j'y consens, comme il vous plaira. Attendons à demain… Mais à présent, je vous prie, messieurs, l'heure est bien tardive, retirez-vous. Et bonne nuit à tous !

PHILIPPE, *à demi-voix.*

Il s'imagine bien que nous n'allons pas coucher chez lui, après la petite scène qu'il vient de nous faire.

PREMIER LIEUTENANT, *à Raymond.*

Et, je suis convaincu, mon cher d'Estelan, n'est-ce pas, que demain vous serez le premier à reconnaître, pour une plaisanterie de camarades…

RAYMOND, *l'interrompant.*

Oui, c'est cela, demain à vos ordres, demain tout ce que vous voudrez… Mais je vous en prie, brisons là. *(Tous se dirigent pour sortir vers la porte de gauche. Raymond, se précipitant.)* Non, pas par ici ! Par l'autre porte, s'il vous plaît, par le jardin.

PHILIPPE, *rebroussant vers la porte du fond.*

Allons, bon, c'est de ce côté qu'on s'en va, à présent !

RAYMOND.

Oui, par le jardin, s'il vous plaît. Vous trouverez en bas un de nos hommes qui vous reconduira avec un falot. Allons, mes amis, bonsoir !

Il leur serre la main par distraction.

PHILIPPE, *s'éloignant.*

Ses amis, maintenant, il nous appelle ses amis ! Et il nous serre la main par-dessus le marché ! Il est un peu… (Il fait signe que la tête de Raymond doit tourner.) Oh ! Oui, il l'est pas mal, ce cher d'Estelan.

Ils sortent en murmurant.

PREMIER LIEUTENANT.

Quelque affaire galante, j'imagine.

RAYMOND, *à Hubert.*

Dans la cour, elle attend ? Et seule ?

HUBERT.

Oui, avec sa vieille servante.

RAYMOND, *quand les officiers sont tous partis.*

Ouf !… Et que le diable les… Allons, vite, Hubert, fais-la monter.

Le dragon sort par la porte de gauche. Raymond rajuste son pourpoint, relève ses cheveux et se coiffe de son grand feutre à plumes.

Scène II

RAYMOND, JUDITH.

Judith entre, amenée par le dragon. Raymond s'incline et se découvre.

JUDITH, *arrêtée à quelques pas de lui, le regard baissé, s'appuyant de la main à une table.*

Pardonnez, monsieur le capitaine, la tentative trop hardie d'une jeune fille... Seule, et sans l'aveu de mon père, c'est pour humblement vous prier que je suis venue : m'écouterez-vous ? *(De nouveau Raymond s'incline.)* Mais les paroles qui me semblaient faciles à dire... je ne les retrouve plus, maintenant que je suis ici...

RAYMOND, *très simplement.*

Je les écouterais pourtant avec respect, mademoiselle.

JUDITH, *avec trouble et exaltation.*

Oh ! nous sommes bien vaincus, allez, bien brisés et anéantis, nous, les protestants de l'Aunis et de la Saintonge... Ayez pitié des derniers qui restent ! Qu'importent, au roi et à vous, quelques familles de moins ou de plus ? Elle est close à présent, croyez-moi, la liste des conversions par la terreur ; aucun nom ne s'ajoutera à ceux que l'on vient de vous apporter ce soir, ne l'espérez point. Nous nous connaissons tous, nous qui restons : les lâches, les incroyants, les tièdes ou les mondains sont éliminés d'entre nous. Dites-vous bien que vous n'avez plus dans Oleron qu'un petit groupe en constante prière, qui, jusqu'au martyre, demeurera fidèle à sa foi. Alors, maintenant, ayez pitié ! Déjà tant de renégats, tant de prisonniers et tant de morts doivent bien suffire à contenter le roi et l'Église... Pour une fois, détournez vos yeux de notre fuite, entrouvrez le cercle de fer dont vous avez environné notre île...

Monsieur d'Estelan, nous ne sommes plus que trente ! Qu'est-ce que cela, trente personnes dans le royaume de France ? rien, n'est-ce pas ?... Laissez-nous partir... *(Raymond détourne et baisse la tête, frappant légèrement le sol du pied.)* Oh ! pour moi seule, je ne vous implorerais point. Mais, dans notre famille, les enfants sont nombreux... Peut-être vous le rappelez-vous encore, puisque vous êtes entré plus d'une fois chez mon père ?

RAYMOND, *très songeur.*

En effet, je me souviens.

JUDITH, *infiniment douce et simple.*

Oui ? Vous vous souvenez ? Eh bien, vous les avez vus, n'est-ce-pas, ils étaient là tous, les enfants de mes frères... *(Reprenant le ton d'avant.)* Dans les fuites de nuit, les petits sont les plus difficiles à emmener et à cacher. Or, c'est pour eux surtout que nous voulons fuir, c'est pour pouvoir au moins là-bas, en exil, les élever dans notre foi protestante ; et la terreur d'être pris en route par vos soldats devient plus affreuse à cause d'eux. Car on nous les arracherait à tout jamais, vous le savez bien, pour les donner aux moines convertisseurs !... Elle n'enseigne point la pitié, paraît-il, la religion que vous servez ; mais, au fond de votre cœur à vous, peut-être la retrouverai-je encore, la pitié sainte... car, malgré tout, on nous traite ici moins cruellement que nos frères du Poitou, de la Gascogne ou des Cévennes, et l'on dit que c'est à vous seul que nous le devons… On dit que, tout en restant, bien entendu, l'exécuteur des ordres du roi, souventes fois vous interdisez les cruautés inutiles que vos lieutenants commettraient ; l'on dit que, tout au dedans de vous-même, vous n'êtes peut-être pas notre ennemi… et c'est la vérité, n'est-ce pas ?

RAYMOND.

Mon Dieu, je ne sais… Dans mon esprit, il est vrai, parfois une lutte se livre… Oh ! j'aimais mieux la guerre contre l'étranger, c'est incontestable… Mais je réfléchis et je comprends que je ne suis qu'un soldat sans grande connaissance ; alors, sans discuter, j'obéis et j'obéirai. Par tous les moyens, je servirai jusqu'au bout notre sainte religion catholique, pour laquelle jadis mes pères ont combattu sous les murs de Jérusalem. Sans faiblesse, croyez-le bien, et sans remords non plus, j'exécuterai à la lettre les commandements du roi. On vous a trompé, mademoiselle : si ! je suis bien l'ennemi des protestants !… Mais je ne suis pas le vôtre et ma tâche devient plus dure, ma résolution chancelle, quand il s'agit de vous… Et, tenez !… *(Devant Judith toujours debout, il s'assied, très près d'elle, la tête dans les mains, et continue à voix plus basse.)* Oh ! à votre tour, écoutez-moi… La nuit dernière, avant cette échauffourée de la grand'plage qui a été tant désastreuse pour les vôtres, savez-vous où j'avais passé la soirée ? Non loin de votre maison, chez le vieux prêtre de Saint-Pierre… Or, c'était votre souvenir qui m'y avait conduit, timide et presque suppliant…

JUDITH, *priant à voix basse, le regard en haut.*

Seigneur ! daigne écarter de ma route le tentateur ténébreux.

RAYMOND.

Oui, j'étais allé lui confesser que… malgré l'abîme ouvert pour nous séparer l'un de l'autre, malgré ma volonté, malgré moi et malgré Dieu… je vous aime, mademoiselle Judith, et souhaiterais, envers et contre toutes choses, devenir votre époux… Comme un enfant qui prie, comme de ma vie je n'avais supplié, je le suppliais de vous le dire… Alors c'est lui qui, au moment de cette répression à main armée dont on vous a fait le récit, c'est lui, ce prêtre, qui m'a rendu plus insensible et plus implacable, en me répondant que tout était inutile et que vous me refuseriez… Mon message pour vous, il n'a même pas voulu s'en charger, le repoussant comme une chose vaine et folle… Et maintenant que j'ai parlé et que vous savez, répondez vous-même… après avoir songé que vos paroles sont pour moi redoutables et graves… Que j'entende de votre bouche si ce prêtre a dit vrai… et si, dans l'avenir même, je ne peux espérer rien… C'est chez vous, je le comprends, que j'aurais dû aller vous demander cela. Mais les temps sont terribles et nos moindres heures comptées : pour que vous ayez osé venir ici, c'est que peut-être vous allez fuir cette nuit, fuir demain, ou du moins tenter désespérément de fuir ? Et mes dragons vous arrêteront, et je serai celui qui vous jettera dans les prisons du roi. *(Il se lève et marche.)* Oh ! je le sais bien, je me suis conduit, la première fois que je vous ai vue, comme un brutal soudard… Excusez-moi, voulez-vous, en vous disant que je n'ai pas eu de mère et que depuis dix années je vis dans les camps avec des soldats… Mais à présent, vous le voyez bien, je suis respectueux et je vous implore.

JUDITH, *le regard levé, et priant à voix basse, après avoir fait de la main un geste de refus.*

Seigneur ! daigne écarter de moi le tentateur délicieux.

RAYMOND.

Attendez ! Non ! Écoutez encore !… Au moins, ne me répondez pas avant que j'aie fini de vous parler. Je peux quitter pour vous le service du roi, vous m'entendez, et mon harnais de dragon qui est si exécré de vos frères… J'ai toujours, là-bas, en Quercy, mon bien paternel, mes terres… négligées, il est vrai, depuis que je suis parti pour courir l'aventure, mais qui nous assureraient la vie et même la richesse. Je suis marquis d'Estelan et de Valbayre. Mon château nous attend, tout au bord de la Corrèze, sur une colline au milieu de grands bois. Dans mon beau pays où vous êtes inconnue, on ignorerait que vous avez abjuré pour moi l'hérésie protestante, et nous pourrions vivre heureux, isolés, respectés… Oh ! jamais avant vous, sans vous, jamais je n'aurais entrevu cette possibilité d'habiter quelque part, paisible et fixé jusqu'à ma fin, comme ces hommes sages qui ne quittent point leur maison natale… Mais je sais bien que, pour vous, je laisserais sans hésitation et sans un regret mon métier de guerre… car vous m'avez tout changé… *(Judith, faisant de la main son même geste pour refuser, sembla vouloir parler à Raymond ; Raymond l'arrête.)* Non ! écoutez encore ! Avant de répondre, un moment de plus laissez-moi vous parler… Vos parents, n'est-ce pas ? Je devine bien, c'est d'abord ce que vous allez me dire : votre père, vos frères, dans leur détresse présente, les abandonner !… Mais, est-ce que, si vous vouliez, vous, si vous vouliez bien, ils ne finiraient pas par faire ce qu'il vous plairait de leur demander : j'ai vu et j'ai compris, allez, que, chez vous comme ailleurs, vous êtes la charmeuse et la reine à qui l'on obéit… Tant d'autres ont abjuré, qui d'abord s'étaient montrés plus qu'eux décidés et farouches… Ou encore, mon Dieu, s'il le fallait absolument, eh bien, peut-être leur procurerais-je le moyen de fuir. Enfin, je ne sais pas, moi, nous verrions, nous réfléchirions ensemble ; je deviendrais, de votre père comme de vous-même, le serviteur fidèle, si seulement vous disiez un mot, un mot qui lie votre sort au mien… Tandis que, si vous me repoussez, oh ! alors, seul dans la vie, je resterai soldat plus dur, persécuteur plus acharné de ceux que vous m'aurez fait davantage haïr, en me sacrifiant à leur hérésie maudite… Pardon de ce dernier mot, s'il vous blesse ; mais je suis anxieux et troublé : vous le voyez, ma voix tremble et presque je pleure… *(Il se rassied et s'accoude, la tête cachée dans les mains.)* Et maintenant, je crois que j'ai dit tout ce que je pouvais… Allons, parlez à votre tour. Je suis résigné, j'attends… Répondez.

JUDITH, lente et triste.

Ce prêtre vous a déjà parlé pour moi, monsieur d'Estelan, et je n'ai rien à changer aux choses sages que je n'aurais sans doute pas si bien dites. Votre pensée, que je ne soupçonnais pas et dont je vous remercie, était folle en effet, car la réponse que notre Dieu me commande de vous faire est bien celle-ci : Non ! jamais ! jamais !

RAYMOND, se relevant.

Jamais ! jamais ! Ah !… vous savez le prononcer avec un accent inexorable, ce mot-là, et, cruellement vous le répétez : Jamais ! Jamais !… Ah ! elle n'enseigne pas non plus la pitié, votre religion, car je vois que vous me brisez avec une tranquillité souveraine… Oui, sombres et obstinés, vous l'êtes tous, vous, les huguenots ; j'aurais dû le savoir, on m'en avait averti ! Excusez-moi donc encore ; je n'aurais pas dû heurter mon front à cette roche, à cette barre de fer que le triste Calvin vous a mise dans l'âme… Ah ! j'admire avec quel cœur paisible vous me désespérez, sans même trouver une parole pour me plaindre !

JUDITH.

Je vous plains, monsieur d'Estelan… je vous plains de souffrir, je vous plains de vivre dans l'erreur héréditaire… et, du fond du cœur, je vous remercie.

RAYMOND.

En vérité, vous me plaignez !… Ah ! c'est vite et facilement dit. Votre pitié cependant ne va pas jusqu'à tenter un effort pour secouer cette obstination, protestante, qui va faire mon malheur comme elle fait le vôtre à tous. Vous n'êtes pas fiancée, je le sais ; le prêtre me l'a dit, vous avez repoussé ce jeune homme qui espérait votre main ! vous êtes libre et l'obstacle n'est pas là ! Je vous ai parlé humblement avec tout mon cœur, je ne puis pas vous avoir offensée… Et je ne suis pas si déplaisant aux femmes pour qu'on me rejette ainsi comme un épouvantail… Non, mais c'est cette religion détestée contre laquelle je me brise !

JUDITH.

C'est la vraie foi chrétienne pour laquelle je suis prête à mourir.

RAYMOND.

C'est, dites plutôt, le rêve sacrilège de votre Calvin ou de votre Luther !

JUDITH.

C'est la foi des premiers siècles, celle qu'avaient les apôtres et les martyrs. Nous la puisons toute pure et toute simple à sa source même, dans ces Évangiles où l'on chercherait vainement vos dogmes papistes. C'est la religion d'amour et de pitié qui nous commande de nous aimer les uns les autres et au nom de laquelle vos princes, certains de vos évêques, soufflent la haine et versent du sang.

RAYMOND.

Oh ! je n'ignore pas que vous possédez, vous, les protestants, le secret des paroles qui entraînent et qui égarent. Déjà, j'ai entendu votre pasteur, arrêté par mes soldats, parler avec une séduction que le diable sans doute lui avait donnée. Et vous me troubleriez peut-être, si je continuais de vous écouter. Je ne suis point un abbé, moi, ni un docteur pour vous suivre dans des discussions religieuses ; je suis un capitaine des dragons du roi ; je ne sais et ne veux savoir qu'une chose, c'est que vos interprétations, vos idées, vos rêves ne peuvent rien être que mensonges auprès de l'autorité consacrée de notre très sainte et très glorieuse Église de Rome.

JUDITH, *comme une prophétesse.*

Ah ! oui, exaltez-la, votre Église de Rome, votre ville de Rome, d'où vous est venu le mot d'ordre pour notre extermination à tous !… Glorifiez-la et servez-la bien, celle que saint Jean, dans l'Apocalypse, avait ainsi flétrie : « Et je vis une femme assise sur une bête qui avait sept têtes… Cette femme était vêtue de pourpre et d'écarlate et à son front ces mots étaient écrits : *Mystère*, Babylone la grande, la Mère des Abominations du Monde… *Alors l'ange me dit : Cette femme, c'est la grande ville qui règne sur les rois de la terre, et les sept têtes de la bête sont sept montagnes sur lesquelles la ville est assise* ».

RAYMOND, *reculant devant Judith comme avec une crainte religieuse.*

Oui, je sais, la Bible, que vous lisez tous, en est remplie, m'a-t-on dit, de ces images ténébreuses et superbes, dont vous détournez le sens… Mais cessez, je vous prie, ces blasphèmes dont je suis offensé… Vous étiez venue pour me prier, je crois ?

JUDITH, *la voix tout à coup tombée.*

En effet, monsieur le capitaine, et voici que je l'oublie ; je risque comme une insensée d'irriter encore l'exécuteur que je pensais fléchir. Mais on se lasse, à la fin, de courber la tête… Et qu'importe d'ailleurs, puisqu'il est inexorable, celui que j'ai eu la naïve folie d'implorer. *(Raymond, pendant le dialogue suivant, demeure sombre et immobile, battant le sol du pied, à demi assis sur la table où sont restés les verres, les cornets et les dés. Et la voix de Judith s'élève de nouveau, révoltée maintenant et hautaine.)* Alors, rien, n'est-ce pas, aucune grâce, aucune merci pour nous tous ?

Je n'obtiendrai pas une compassion de votre cœur fermé et dur ! Notre temple de Saint-Pierre-d'Oleron, où nous avons prié hier encore pour ce prince qui nous persécute, notre temple, c'est vrai que, par votre ordre, il sera incendié demain ? Comme ce soir la maison des Pellier, de Bonnemie, qui tout à l'heure flambait rouge et éclairait ma route, quand, pour ma confusion, je venais ici ! C'est vrai, vous ferez cela ?

RAYMOND, *battant toujours le sol du pied.*

Peut-être ! oui, il brûlera demain, votre temple !

JUDITH.

Et, comme devant, vous saccagerez et vous tuerez au nom du pape et de l'Église ?

RAYMOND.

Oui ! Je le ferai.

JUDITH, *reculant devant lui.*

Et c'est vous qui arrêterez mon père, mes frères, pour les envoyer aux galères du roi ?

RAYMOND.

Oui, je vous arrêterai tous, parce que tel est mon devoir, et vous-même comme les autres, vous m'entendez bien, *(Il s'avance vers Judith.)* vous-même, je vous arrêterai s'il le faut.

JUDITH, *reculant davantage vers la porte, mais hautaine toujours.*

Vous ne m'arrêterez pas ce soir, n'est-ce pas ? Et je suis libre encore de sortir d'ici ?

RAYMOND, *se jetant devant elle avec une angoisse suppliante tout à coup, voyant qu'elle va partir.*

Ne vous en allez pas, non ! (La voix tombée et redevenue douce.) Vous arrêter ce soir, dites-vous ? Vous arrêter ici, chez moi, où vous êtes venue confiante et seule ?… Oh ! mademoiselle ! Pour quelle sorte de bandit me prenez-vous donc ? *(Un silence. Ils restent l'un devant l'autre, tremblants.)* Mais qui vous ramènera jusqu'à Saint-Pierre, à cette heure, par une nuit qui a l'air si noire ?… Moi-même, je vais vous reconduire.

JUDITH, *refusant d'abord d'un signe de tête, reprend après un nouveau silence.*

Non, Nanette, avec sa lanterne, me suffira. *(Elle s'apaise par degrés, et sa voix, encore haletante, se fait aussi plus douce.)* De tous nos paysans, je suis connue et respectée. Veuillez seulement faire qu'aucun de vos dragons ne nous suive : à part ceux-là, nous n'avons point de malfaiteurs dans notre île. *(Elle ouvre la porte et appelle.)* Nanette, tu es là ?

NANETTE, *paraissant, la lanterne à la main.*

Oui, demoiselle.

RAYMOND, *retenant encore Judith.*

Mademoiselle, excusez, n'est-ce pas, mes emportements de soldat, de même que je vous pardonne, moi, toutes vos paroles mauvaises. Et au moins ne me gardez pas de haine au fond de votre cœur. *(Sa voix se fait de plus en plus respectueuse et tendre.)* Vous m'avez tout refusé, mon nom, ma vie, tout… Avant que nous nous séparions pour jamais, me tendriez-vous votre main ?… *(Il s'avance, comme pour prendre la main de Judith.)* Oh !… N'ayez pas peur.

JUDITH.

Oh ! je n'ai pas peur monsieur d'Estelan… Et si je ne vous croyais pas loyal, malgré vos égarements et vos violences, est-ce que je serais venue ?… Non, je n'ai pas peur et je n'ai pas de haine non plus… Ma main, la voici. *(Elle tend lentement la main à Raymond. Raymond s'incline et baise la main de Judith avec un grand respect, sans la retenir entre les siennes. — À Nanette.)* Nanette, n'as-tu pas là cette Bible, celle que j'ai reçue l'autre jour de Hollande ?… Tu sais, je t'avais priée de l'apporter…

NANETTE, *ouvrant avec une hésitation défiante un petit sac qu'elle porte suspendu à la ceinture.*

Oui, demoiselle.

JUDITH.

Eh bien, donne… pour monsieur d'Estelan.

NANETTE, *toujours arrêtée au seuil de la porte.*

Votre Bible, demoiselle ! pour lui ?

JUDITH.

Oui, pour lui… donne *(Judith, comme un enfant et avec un sourire pour la première fois, présentant le livre à Raymond.)* Nous sommes grands donneurs de bibles, nous autres, voyez-vous… Un peu notre manie, vous savez bien… Tout à fait un livre de huguenot, regardez : c'est en Hollande qu'on sait imprimer si fin que cela… Nos frères, déjà exilés là-bas, font faire pour nous ces très petites bibles, qui peuvent être aisément cachées, emportées avec nous dans les fuites incertaines, aux mauvais jours où les dragons du roi nous poursuivent. *(Très grave maintenant.)* C'est dans ce livre que nous puisons notre courage, nous, les protestants, devant l'exil et devant la mort… Je vous prie de garder celui-ci, qui était le mien, et d'essayer de le lire en mémoire de moi. Ouvrez-le vers la fin surtout, prenez ces évangiles de pardon que méconnaissent et oublient les hommes qui vous font agir !

(Elle pousse doucement Nanette au dehors.) Va, Nanette… à présent rentrons chez nous.

Raymond a pris le livre sans répondre et il le baise comme il l'a fait tout à l'heure pour la main de Judith. Il les regarde fermer la porte, puis s'assied comme accablé, les coudes sur la table de jeu où la lampe est posée, la tête dans les mains. Un silence, puis il ouvre la bible de Judith.

RAYMOND.

Allons… voyons-le, son livre.

Il lit.

ACTE CINQUIÈME

Chez les Renaudin. — Même salle qu'au premier acte, vaste et simple, avec le grand lit à colonnes dans le fond. C'est la nuit ; une seule petite lampe brûle. Les portes sont ouvertes, les meubles en désordre, une chaise tombée. Des manteaux, des paquets jetés çà et là, comme préparés pour une fuite.

Scène PREMIÈRE

L'AÏEULE, NANETTE, puis SAMUEL RENAUDIN, puis JUDITH.

À sa même place, dans son même fauteuil, l'aïeule aveugle, seule et comme cherchant à se lever. La vieille Nanette entre. — On entend au dehors le bruit du vent.

L'AÏEULE.

Nanette ! Enfin, c'est toi, ma fille ?

NANETTE.

Oui, notre dame.

L'AÏEULE.

Pourquoi ne viens-tu pas me mettre au lit ce soir, ma fille ? Et les enfants, pourquoi ne sont-ils pas venus m'embrasser ?

NANETTE.

Ils vont venir, notre dame.

L'AÏEULE.

Comment ça, ils vont venir ? Ils ne sont pas couchés alors, les enfants, et il va être dix heures ! *(Un silence. Elle prend les mains de Nanette et essaye encore de se lever, puis retombe assise. D'une voix lente qui tremble de frayeur, elle continue.)* Dis-moi la vérité, ma fille, il y a quelque chose, n'est-ce pas ? Il y a quelque chose, ce soir, de plus que les autres jours… Qu'est-ce qu'il y a ?

NANETTE, *égarée.*

Il n'y a rien, notre dame.

L'AÏEULE.

Où est Judith ? Va me chercher Judith, alors, va… qu'elle vienne tout de suite… elle me le dira, elle ! *(Entre Samuel Renaudin, qui vient s'agenouiller devant l'aïeule. L'aïeule touche sa tête, le reconnaît, étonnée.)* Samuel, mon fils !…

S. RENAUDIN.

Allons, ma mère, ayez du courage et priez avec nous… car il est venu, le soir terrible… Nous attendions pour vous le dire… Le vaisseau de La Rochelle a été signalé à la tombée du jour par nos veilleurs… Puis, un message nous est arrivé du commandant… Et ce sera pour cette nuit, si le vent nous est favorable… À une heure du matin, ils tenteront de s'embarquer, en passant par le bois de Bonnemie et la Cotinière… Avec l'aide de Dieu, on espère réussir, parce que les dragons du roi justement n'ont pas reçu d'ordre pour sortir avant demain… Eh oui, ils partent cette nuit, nos enfants, tous nos enfants, ma mère !… *(Il appuie, comme un enfant lui-même, sa tête grise sur les genoux de l'aïeule, et ses épaules sont secouées de sanglots. L'aïeule se soulève presque droite, s'étayant des mains aux bras du fauteuil, et dans une pose roidie, son visage sans regards tourné vers le ciel, dit à demi-voix :)* Seigneur, notre Dieu !… *(Un silence. Puis elle retient par la main son fils qui s'écartait d'elle.)* Samuel, mon fils, va me les chercher tous ; qu'ils viennent tous autour de moi, que je puisse les toucher et les caresser tous, jusqu'à la fin… Va me les chercher !

S. RENAUDIN.

Oui, ma mère, ils vont venir… On avait couché les petits tout habillés sur leurs lits, vois-tu. Mais il se fait temps de les réveiller… car hélas ! l'heure s'approche. *(Pendant ces dernières phrases, Judith, arrivant du dehors, entre, un peu comme égarée, elle aussi. Elle dépose sur un fauteuil son manteau sombre. — S. Renaudin, à demi-voix, s'approchant d'elle.)* Oh ! j'étais inquiet de toi, ma fille ! Comme tu es restée longtemps dans cette course… tu m'as fait peur.

JUDITH.

J'ai voulu revoir les enfants de Jeanne Guillot, mon père… et puis je suis allée jusqu'à Bonnemie, embrasser la pauvre vieille Suzette Pellier, comme je lui en avais fait la promesse… Tant d'adieux à faire… car, ce départ, c'est comme pour mourir… Et je suis rentrée par le petit bois, pour être passée encore une fois là, au dernier soir de ma vie… Je voudrais être ici près de vous, je voudrais être ailleurs… Je ne sais plus, moi… mon cœur se brise et il me semble que le Seigneur m'abandonne…

S. RENAUDIN.

Oui, tu étais plus résignée et plus courageuse, il y a quelques jours, je le sens bien… Il faut prier davantage et tu retrouveras plus de paix. *(Il se rapproche de sa fille, et, plus bas, la voix plus hésitante.)* Dis-moi, ma chère Judith… il m'est bien dur, pourtant, de te faire un reproche, à ce suprême moment… mais dis-moi, est-ce vrai, ce que vient de me conter ton oncle Pierre, que tu serais allée l'autre jour chez le capitaine d'Estelan pour l'implorer ?

JUDITH, *humblement.*

C'est vrai, mon père.

Elle se cache la tête dans les mains.

S. RENAUDIN.

Oh ! ma pauvre enfant ! tu as fait cela !… Vois-tu, sans doute, tu as compté encore sur ce charme qui t'a été donné et que tu connais trop, je le crains, et qui est un danger pour ton âme.

JUDITH, *s'humiliant.*

Peut-être, mon père… pardonnez-moi.

S. RENAUDIN.

Songe, ma fille, combien la Bible condamne de tels moyens… Et, d'ailleurs, tu as échoué, tu le vois…

JUDITH.

Oui, mon père.

S. RENAUDIN, *très tendrement, la prenant dans ses bras.*

Écoute, ma chère Judith : là-bas, en exil, défie-toi de cela, mon enfant ; défie-toi de ce charme, puisque tu sais que tu le possèdes. Défie-toi aussi de ces élans que tu as et qui, parfois, te font accomplir des actions téméraires. Crains tous les pièges qui t'entoureront là-bas. Grave bien dans ton cœur, ma fille, ces dernières recommandations, que, ce soir, ton vieux père t'aura faites… Et regarde, qui sait si le capitaine ne t'aura pas arraché quelques mots d'indication sur nos projets de fuite, pour s'en servir contre nous… Tiens, je m'étonne tant que, précisément cette nuit, les dragons ne soient pas sortis pour leurs rondes habituelles… En y réfléchissant, je crains quelque guet-apens pour vous tous.

JUDITH.

Oh ! mon père, lui, se servir contre nous de la confiance que je lui aurais témoignée !… D'abord, je ne lui ai rien dit. Et puis, non, il est franc et loyal…

S. RENAUDIN.

Une dernière chose, mon enfant, qui m'est plus pénible à te dire que tout. Depuis quelques jours, qu'as-tu ? Qui t'a ainsi changée ? Je ne reconnais plus ma courageuse et fière Judith, qui marchait droit sa route, sans défaillance, les yeux détachés de ce monde. J'ai peur, vois-tu, j'ai peur que ce d'Estelan… J'ai peur que ce soit lui qui ait jeté un charme d'enfer sur ma fille bien-aimée…

JUDITH, *plus bas, d'une voix lente et mystérieuse.*

Peut-être, mon père…

Un silence. Tous deux demeurent tête basse, plus accablés.

Scène II

Les mêmes, *LE PETIT HENRI, LE PETIT SAMUEL, MATHIEU,* etc.

Entrent lentement les enfants, avec les deux frères de Judith ; puis Daniel Robert et trois serviteurs protestants, en tenue de départ eux aussi, et le fusil à la main, jeunes hommes qui suivront leurs maîtres en exil ; puis le vieux domestique Mathieu, tenant au cou le tout petit Daniel. Les domestiques restent debout près de la porte, les autres se groupent autour de l'aïeule.

S. RENAUDIN, *à l'aïeule.*

Les voici, ma mère, tous vos petits-enfants, prêts à partir pour ce grand voyage, d'où sans doute ni vous, ni moi, ne les verrons plus revenir. Gardez-les là près de vous, pendant les suprêmes instants où ils nous restent encore… Non, nous ne devons plus espérer les retrouver sur cette terre ; mais que le Seigneur, qui a jugé bon de si cruellement nous éprouver, nous donne le courage de les laisser partir…

L'AÏEULE, *qui a pris les mains des deux frères de Judith.*

Jean !… Isaac ! mes fils !… *(Elle tâte l'une après l'autre, avec sa main libre, les trois petites têtes blondes qui se pressent autour d'elle, et, à mesure qu'elle les reconnaît, prononce leur nom.)* Samuel ! Jeannette ! Henri !… Et mon petit Daniel, où est-il, mon petit Daniel ?

Mathieu, qui tenait au cou ce plus petit à moitié endormi, le présente à l'aïeule.

S. RENAUDIN.

C'est Mathieu qui le tenait à son cou ; le voici.

L'AÏEULE.

Là, sur mes genoux, donnez-le-moi, mon bon Mathieu. Et Judith ?… Je ne trouve pas Judith !…

JUDITH, *qui s'était placée derrière l'aïeule, accoudée à son fauteuil.*

Je suis tout près, derrière vous, grand'mère.

Elle allonge le bras et joint sa main à celles de ses deux frères que tient l'aïeule.

S. RENAUDIN.

Daniel Robert est aussi là, ma mère ; Dieu soit loué, il a retrouvé la foi et il veut prendre le chemin de l'exil avec eux.

L'AÏEULE.

Ah ! toi aussi, Daniel ! Allons, c'est bien, mon enfant, c'est bien ! Je bénis Dieu, dans ma détresse, de ce qu'au moins aucun des miens n'a failli à son devoir.

DANIEL.

Votre petite-fille Judith a su raffermir ma croyance qui faiblissait. Elle est la sainte qui a accompli sur moi ce miracle…

L'AÏEULE.

Et là-bas, qu'y a-t-il encore ? J'entends du monde du côté de la porte.

S. RENAUDIN.

Il y a nos serviteurs, Bernard, Dominique et Jean, qui partent aussi sur le vaisseau de Hollande. Nous ne garderons que Nanette et notre vieux Mathieu, qui veulent rester avec nous tant que nous aurons un peu de pain à leur donner.

MATHIEU.

Oh ! et de même après, notre maître, et toujours, tant que vous ne nous chasserez pas.

Le maître serre la main de son domestique.

L'AÏEULE.

Mon fils, je veux leur serrer la main, à eux aussi, à Bernard, à Dominique et a Jean ; qu'ils s'approchent ! *(Les trois serviteurs s'approchent sur un signe et touchent en s'inclinant la main de l'aïeule.)* Allons, mes amis, que notre Dieu vous accompagne sur la terre d'exil… *(On entend au dehors le bruit d'une rafale de vent.)* C'est le vent que j'entends, mes fils ? Mon Dieu, cela m'épouvante, d'entendre le vent souffler si fort… Tant de choses que j'aurais à vous dire, mes bien-aimés… Mais ce soir, ma tête n'y est plus. *(On entend la rafale au dehors.)* Oh ! ce vent qui recommence ! Mais la mer va être mauvaise… Mais ils ne partiront pas, dis-moi, mon fils ?

Elle serre les petits contre ses genoux.

S. RENAUDIN.

Oh ! ce n'est qu'un grain d'orage, j'espère, qui se dissipera au coucher de la lune.

JUDITH, *allant vers son père.*

Mon père, je vous prie, quand nous partirons tout à l'heure, accompagnez-nous jusqu'au petit bois, jusqu'à l'allée de chênes… J'aimerais sortir à votre bras de la chère maison où je ne reviendrai jamais plus.

S. RENAUDIN, *attirant Judith sur sa poitrine.*

Je crois que je dois te refuser, ma Judith bien-aimée. Juge toi-même. Ma place, quand l'heure terrible sonnera, me semble plutôt ici, auprès de celle *(Il désigne l'aïeule)* qui n'aura plus que moi au monde. Allons, reprends ton courage d'avant, soit plus détachée de la terre et songe aux demeures du ciel… Non, c'est ici même que je vous embrasserai tous pour la dernière fois, quand vous passerez le seuil de cette salle, où nous aurons prié ensemble… car nous allons prier, n'est-ce pas ? *(Pendant cette phrase, une haute pendule murale enfermée dans une guérite a commencé de sonner. Elle sonne dix coups.)* Dix heures ! Tout est bien prêt, dites-moi ? Et nous avons juste une heure, avant le moment favorable pour le départ. Asseyez-vous tous, une fois encore, à vos places accoutumées pour la prière du soir, et nous allons lire la parole de Dieu, afin qu'elle nous aide à passer cette veillée affreuse.

Judith, ses deux frères et Daniel Robert s'asseyent en cercle autour de l'aïeule qui garde à ses pieds sur des tabourets les tout petits, Nanette, Mathieu et les trois jeunes serviteurs qui doivent partir, s'asseyent à l'écart sur les chaises qui sont le long des murs. Le père s'approche de la table où une Bible est posée, il prend ses lunettes, remonte la flamme de la lampe et s'assied pour lire.

S. RENAUDIN, *après un silence.*

Non, je ne peux pas… Je ne sais ce qu'ont mes pauvres yeux ce soir… Judith ! viens prendre ma place, ma chère fille, et tu liras pour moi.

JUDITH *se lève et vient prendre la place de son père.*

Où lirai-je, mon père ?

S. RENAUDIN.

Oh ! Où tu voudras, mon enfant. Tiens, ouvre le livre au hasard… Notre Dieu nous guidera ainsi dans le choix du passage que nous écouterons ensemble pour la dernière fois.

JUDITH *ouvre au hasard le livre et commence à lire.*

Évangile selon saint Jean, au chapitre douze. « Ce que je vous commande, est de vous aimer les uns et les autres. Si le monde vous hait, sachez qu'il m'a haï avant vous. Si vous étiez du monde, le monde aimerait ce qui serait à lui ; mais parce que vous n'êtes point du monde, c'est pour cela que le monde vous hait. Souvenez-vous de la parole que je vous ai dite : S'ils m'ont persécuté, ils vous persécuteront aussi ; s'ils ont gardé… » *(Le vent, qui mène grand bruit au dehors, ouvre brusquement une fenêtre dont le rideau s'envole au plafond. Un des serviteurs la referme sans rien dire. L'aïeule, qui a entendu, joint les mains dans une attitude d'angoisse, sans parler non plus. Aucun des assistants ne fait de réflexions sur cette menace du vent et de la mer. Et Judith reprend la lecture.)* « Je vous ai dit ces choses afin que vous ne soyez point troublés. Ils vous chasseront des temples et le temps vient où quiconque vous fera mourir croira faire une chose agréable à Dieu. Ils vous traiteront de la sorte parce qu'ils ne connaissent ni mon père, ni moi. Or je vous ai dit ces choses afin que, lorsque ce temps-là sera venu, vous vous souveniez que je vous les ai dites... »

On frappe à la porte, Judith tressaille et s'arrête.

S. RENAUDIN.

Qui peut frapper à pareille heure ? Aucun des nôtres, puisque nous sommes tous là. *(Un des serviteurs instinctivement pousse le verrou de la porte.)* C'est quelqu'un du dehors assurément. Alors vous n'aviez pas mis les verrous du portail ? *(On frappe encore. Le père s'approche de la porte et demande :)* Qui va là ?

UNE VOIX *répond de l'extérieur.*

C'est moi, Pierre Baudry, le curé de Saint-Pierre.

S. RENAUDIN.

Monsieur le curé, au milieu de la nuit et à un tel moment ! Que nous veut-il donc ?

Il tire le verrou et ouvre la porte. Le curé entre brusquement, suivi de deux dragons armés.

Scène III

Les Mêmes, LE CURÉ, Les Dragons.

LE CURÉ.

Dieu soit loué ! nous arrivons à temps… ils sont encore là, nos fuyards !

Tous se lèvent, renversent des chaises dans leur surprise et leur effroi. Les serviteurs prennent leurs fusils, on entend un cri de détresse jeté par la vieille Nanette, et l'aïeule serre davantage les petits dans ses bras.

S. RENAUDIN.

Oh ! monsieur !… Monsieur le curé, vous, nous trahir, faire cause commune avec nos bourreaux !…

Le curé s'avance au milieu de la salle, suivi des dragons du roi et, très grave, très doux.

LE CURÉ.

Non, mon cher voisin, il n'y a pas de traître ici, ni de bourreaux non plus… Il y a un pauvre serviteur de Dieu que l'Église réprimandera sûrement, qui s'égare peut-être, mais qui, après bien des luttes, agit selon sa conscience et son cœur.

S. RENAUDIN.

Pas de traître, monsieur ! mais alors, que font-ils ici, ces hommes ? *(Haineux et violent tout à coup, désignant les dragons.)* Pourquoi sont-ils chez moi, et vous, pourquoi les avez-vous amenés ? *(Aux serviteurs.)* Barrez la route, vous autres, et assurez vos fusils ! *(Il se prend la tête à deux mains.)* Oh ! non, à la fin, c'en est trop ! On ne pense point me les arracher, n'est-ce pas, tous les miens qui sont ici, sans qu'au moins je les défende. *(Tout à fait égaré, serrant Judith contre lui.)* Perdus, je le sais bien, que nous le sommes d'avance, perdus ! Mais tant pis ! Ceux-là, qui sont les bourreaux aux gages du roi, qui sont les maudits, malheur à eux !

Les serviteurs ont apprêté leurs fusils. Le prêtre se met devant eux, les bras étendus. Les dragons restent immobiles, sans toucher leurs armes.

LE PRÊTRE, *toujours très doux.*

Allons, allons, mon cher voisin qui vous égarez, calmez-vous pour m'écouter… Vous arracher vos enfants… Oh ! non, ce n'est point dans ce dessein que je vous les ai amenés…

S. RENAUDIN.

Mais quoi, alors ?… Que nous veulent-ils, eux qui sont là ? Dites-le ! que nous veulent-ils ?

LE PRÊTRE.

Ce qu'ils veulent… Ah ! mes chers amis, ce qu'ils veulent… les conduire par une autre route, — car vous alliez fuir, n'est-ce pas ? — les conduire eux-mêmes à la grand'plage, par un chemin différent que vous ne savez point… Et il faut les suivre en hâte, vous m'entendez, partir une heure plus tôt, vous fier à eux… sans quoi vous êtes perdus…

Toute cette fin doit marcher d'une façon rapide et haletante, dans la fièvre des minutes qui passent.

JUDITH, *effarée, allant dévisager l'un d'eux.*

Mais, celui-là… J'ai déjà vu cette figure !… C'est le serviteur de M. d'Estelan, celui-là, je le reconnais !…

LE PRÊTRE.

Oui, ma chère enfant, ses fidèles serviteurs, tous deux, qu'il a amenés de sa terre de Quercy, et dont il est sûr autant que de soi-même… C'est de sa part, entendez-moi bien, c'est de sa part qu'ils viennent vous chercher… Et lui, en personne, M. d'Estelan, il est là, dans le bois de Bonnemie, à vous attendre…

JUDITH.

Lui !… Lui, il est dans le bois, à nous attendre ?…

LE PRÊTRE.

Oui, ma fille, lui !... Et, sur le vaisseau qui vous emportera, il veut réclamer sa place... pour partir avec vous...

JUDITH.

Pour partir avec nous !...

S. RENAUDIN.

Vous dites, monsieur le curé, cet homme, le capitaine des dragons... avec mes enfants, il voudrait partir ?

Pendant cette scène, l'aïeule a retenu Nanette près d'elle pour un dialogue à voix basse qui ne s'entend plus, l'aïeule paraissant interroger anxieusement sur ce qui se passe, et Nanette, lui répondre à l'oreille.

LE PRÊTRE.

Oui, mes chers amis, vous ne rêvez pas, j'ai bien dit cela... Il veut partager le sort des vôtres, qui s'en vont là-bas, et c'est moi, que le Seigneur me le pardonne, c'est moi, prêtre catholique, qui vous l'amène !... Aussi bien ma tête se perd dans l'épouvante et l'horreur de cette guerre entre Français, et il me semblerait presque, en ces temps terribles, que le Christ est passé du côté des opprimés...

S. RENAUDIN.

Mais quoi !... Il déserte à présent, cet homme ? Il est déserteur ?...

LE PRÊTRE.

Déserteur !… Ah ! le voilà donc cruellement prononcé, ici, dans cette maison, et par vous, ce mot que je n'osais même point lui dire tout bas… Au moins, n'est-ce pas devant l'ennemi qu'il déserte, vous m'accorderez bien cela… Écoutez-moi : à seize ans, il se battait déjà contre l'étranger, à l'armée de Flandre, et il ne marchandait point son sang, vous pouvez me croire, car j'ai vu sa poitrine labourée et, sous ses cheveux, plus d'une balafre… *(À voix basse.)* Mais les dragonnades, est-ce que c'est la guerre, ça ?… Est-ce que c'est le devoir ?… On ne sait plus…

S. RENAUDIN, *encore méfiant et dédaigneux.*

Lui qui, si hautement, parlait de son obéissance aveugle à son roi !… Où donc est sa loyauté, alors ?… où donc est sa conscience ?…

LE PRÊTRE.

L'obéissance aveugle !… En effet, jadis, il y mettait son point d'honneur de soldat… Mais depuis, voyez-vous, on lui a fait tuer des petits enfants et on lui a fait tuer des femmes… D'ailleurs, à la lecture de l'Évangile, une lumière soudaine s'est faite en lui sur l'horreur de la mission qu'il avait trop légèrement acceptée… Alors, que faire ? quelle alternative affreuse !… Eh oui, il y aurait eu d'autres moyens peut-être, que cette fuite avec vos enfants, sur ce même vaisseau qui vous les emporte… Et, dans mon humble presbytère, où il est resté toute cette soirée, j'ai beaucoup lutté, je l'avoue, contre son dessein. Puis, vaincu, par sa volonté ardente, j'ai fini par répondre : « C'est bien, mon fils, allez les rejoindre, et je consens à les avertir… »

L'AÏEULE, *tout à fait égarée maintenant et comme une pauvre vieille en enfance, à Nanette.*

Nanette, ma fille, qu'est-ce qu'il leur dit à présent, monsieur le Curé ?… Est-ce qu'ils ne s'en vont plus ?…

NANETTE.

Oh ! si, notre dame, ils s'en vont toujours…

L'AÏEULE.

Mais il faut tout me dire, tu vois bien, il faut tout me dire…

NANETTE.

Oui, notre dame…

L'AÏEULE.

Je n'entends plus rien, moi, ce soir… *(Touchant ses oreilles.)* Ça me bourdonne là…

S. RENAUDIN.

Mais alors… si j'ai bien compris, monsieur le curé, il embrasserait aussi nos croyances protestantes ? Et vous l'absoudriez, vous, ce renégat ?

LE PRÊTRE.

Ah ! voici le point où ma conscience de prêtre est plus particulièrement troublée… Oui, voici le point terrible, vous y avez mis le doigt ! Embrasser vos croyances, j'ai peur que tel ne soit le fond de son projet qu'il me cache… Vous ne l'y pousserez point, n'est-ce pas, mes chers amis, car ainsi vous feriez, de moi qui vous l'amène, un grand coupable devant l'Église… Pour prix de ce que je viens de faire, je vous le demande solennellement, à vous qui serez ses compagnons d'exil : ne le détournez point de la foi catholique. En somme, votre Christ est le nôtre ; apprenez-lui seulement à l'adorer comme vous savez l'adorer vous-mêmes. Mais laissez-lui nos dogmes, qui déjà ne sont que trop faciles à détruire dans sa jeune tête, hélas !… car lui, jusqu'ici, c'était un homme de guerre, et vous n'ignorez point comment ils sont tous… Vous m'avez compris, n'est-ce pas ? Maintenant vous avez charge d'âme avec lui. Et je sais d'ailleurs à quelles mains je le confie… Ah ! nous avions peur, voyez-vous, d'arriver trop tard : car, sa terrible décision prise, il a fallu qu'il change les ordres donnés à ses dragons pour la nuit. C'est à onze heures, n'est-ce pas, par le bois de Bonnemie, que vous deviez partir ?

S. RENAUDIN.

Il le savait ?

LE PRÊTRE.

S'il le savait !… Vous étiez vendus, mes pauvres amis, vos noms à tous, vos plans, votre parcours… Et à présent il faudra partir plus tôt, n'est-ce pas, mon brave Hubert ? partir tout de suite… *(Le dragon fait oui, d'un signe de tête.)* Et par la route différente que ceux-ci vous indiqueront.

S. RENAUDIN.

Mon Dieu, monsieur le curé, mais ce que vous nous demandez là… De vous, non, oh ! je ne me défie plus… Mais ces hommes, à leur merci, livrer nos enfants…

JUDITH.

Oh ! ayez confiance, mon père !… Ayez confiance, puisqu'ils sont envoyés par lui…

S. RENAUDIN, *allant prendre la main du prêtre, qu'il serre avec une effusion subite.*

J'oubliais de vous demander pardon, moi, tenez, pour l'injure que tout à l'heure je vous faisais… Vous me pardonnez bien, dites ?…

LE PRÊTRE, *lui serrant aussi les mains.*

Oh ! si je vous pardonne !… Mon Dieu, mais l'heure passe… Mes chers amis, il faudrait partir.

JUDITH, *à voix basse après s'être avancée vers le prêtre avec un effroi soudain.*

Monsieur le curé !… Oui, nous avons confiance, allez, nous avons toute confiance… Mais lui, partir avec nous !… À quelles conditions, dites-le-moi ?… Qu'est-ce qu'il veut ?… Qu'est-ce qu'il espère ?…

LE CURÉ.

Ce qu'il espère, ma fille ?… Ah ! j'aurais préféré ne pas vous le dire encore : on l'a tant maudit, dans cette maison, le pauvre enfant !… Ce qu'il espère… Eh bien ! peut-être l'avez-vous deviné !…

JUDITH, *reculant vers son père.*

Oh ! non, alors… Non, cela me fait peur !

LE PRÊTRE.

Non !… Oh ! ma chère enfant ! Pour vous, il va tout quitter, son grade dans l'armée du roi, ses terres du Quercy, sa patrie ; volontairement il se fait pauvre et proscrit comme vous allez l'être vous-même ; dans ce pays inconnu, il faudra qu'il travaille, qu'il fasse quelque métier dur ou vil pour gagner le pain du jour. Il le sait et il consent à tout dans la seule espérance de partager avec vous cette misère. Songez-y bien. Oh ! ne le repoussez pas !…

JUDITH, *après s'être retournée, inquiète, pour chercher des yeux Daniel.*

Il est temps encore pour lui, monsieur le curé, de revenir sur son sacrifice… Non, je vous dis, cela me fait peur !… Plutôt, qu'il me laisse accomplir seule ma destinée. (Un silence.) Ou bien… je ne sais pas, moi… s'il veut nous suivre sur la seule promesse qu'il sera des nôtres, que mes frères et moi-même ne l'abandonnerons pas, et que j'essaierai, dans notre ténébreux avenir, d'assurer sa foi en notre commun Sauveur, s'il veut cela, alors qu'il vienne…

Daniel se rapproche lentement de Judith.

LE CURÉ

Ce que vous voudrez, mon enfant, tout ce que vous voudrez, d'avance je garantis bien qu'il est prêt à le faire, si seulement vous me dites, à moi, ce soir, que vous n'avez pas pour lui de l'éloignement, si seulement vous prononcez une parole qui laisse un peu d'espérance… Cela, le voulez-vous ?

JUDITH

Oh ! oui, cela, je le veux bien… et cette parole, monsieur le curé, m'est aisée à dire… D'ailleurs, nous sommes à une heure si grave que c'est un devoir pour nous tous, ici réunis, de dévoiler les pensées profondes de nos cœurs, comme on fait aux veilles de la mort… D'éloignement, non, je n'en ai pas, et même l'exil, s'il le partage, m'apparaît moins sombre.

Elle va vers son père et le cache la tête contre sa poitrine.

L'AÏEULE, *à Nanette.*

Nanette !… Me semble qu'on ne parle plus, hein ?… (Avec terreur.) Mais ils sont toujours là, au moins, dis ?…

Elle fait le compte avec ses mains, des petits autour d'elle.

NANETTE

Oui, notre dame… C'est mademoiselle Judith qui parle bas avec monsieur le curé.

L'AÏEULE

Alors, répète-moi à l'oreille… tout… Il ne faut pas me laisser comme… comme une pauvre vieille abandonnée…

S. RENAUDIN, *répondant à un regard que Judith lève vers lui.*

Moi ? ma Judith bien-aimée… Oh ! moi… voici que je n'ai plus de rancune contre ce jeune homme par qui vous allez être sauvés tous… D'ailleurs, tant de choses, depuis un instant, bouleversent nos pauvres raisons humaines !…

LE DRAGON HUBERT.

Mon Dieu ! l'heure passe !… Déjà nous devrions être en route… Dites-leur, monsieur le curé… Plus nous tardons, plus le danger s'aggrave.

JUDITH, *au dragon, avec une sérénité d'illuminée.*

Mais nous sommes prêts, nous sommes prêts à vous suivre.

Une lueur rouge éclaire les fenêtres.

S. RENAUDIN.

Quoi ?… Qu'est-ce que cela encore ?… Le feu ?…

LE PRÊTRE, *avec confusion et crainte.*

C'est votre temple qui brûle… Ah ! il arrive mal, en ce moment, cet incendie allumé par son ordre… Pardonnez-lui cela encore…

JUDITH, *indifférente, comme dans les nuages.*

Ah ! c'est notre temple qui brûle… Ah !… notre temple ?… Il y a fait mettre le feu ?…

LE CURÉ.

Pardonnez-lui… De peur de donner l'éveil à ses lieutenants, il n'a pu changer ces consignes-là, voyez-vous… Un seul soupçon, vous comprenez…

JUDITH, *souriant presque à la lueur ronge du feu.*

Ah !… oui… Il n'a pas pu changer…

Elle cherche encore des yeux Daniel.

DANIEL, *qui est maintenant tout près de Judith, avec un sourire.*

Oui, Judith, j'avais déjà remarqué tout à l'heure ton regard d'inquiétude tourné vers moi. — un bon regard, va, dont je suis touché. À cause de lui, n'est-ce pas, tu crains que ma résolution, de nouveau, ne chancelle, et que je ne parle plus ? Sois rassurée, ma chère Judith… Tu as bien brisé mon cœur terrestre, mais tu m'as rendu ma foi, et je te bénis… Donc, n'aie pas peur, je pars toujours avec vous…

JUDITH, *serrant les mains de Daniel en baissant la tête.*

Cher Daniel !…

La pendule sonne une demie.

LE DRAGON HUBERT, *avec effroi.*

La demie de dix heures ! Nous devrions être loin déjà !… De grâce, partons vite.

JUDITH, *comme tout à l'heure, sereine, dans une sorte d'extase.*

Mais nous voici… Mais nous vous suivons…

L'AÏEULE.

Mon fils !... *(Elle se soulève en s'accrochant à Samuel Renaudin qui s'approche d'elle.)* Mon fils !... Mène-moi !... Je veux faire quelques pas de plus vers eux, tu comprends... Mène-moi... plus près... *(Elle traverse la salle, appuyée à son fils.)*... de cette porte !...

Elle se laisse tomber là sur un fauteuil, près de la porte par où ses enfants vont sortir.

S. RENAUDIN, *tout à fait égaré, lui aussi, à présent, serrant dans ses bras ses deux fils Jean et Isaac.*

Allons, mes enfants, tous mes enfants, l'heure de la grande épouvante est sonnée. *(Indiquant la porte que les serviteurs ont ouverte et par où l'on n'aperçoit que du noir.)* Passez ce seuil, mes chers martyrs, passez ce seuil où commence entre nous la terrestre séparation, comme au tombeau. Passez-le, l'un après l'autre, en ordre comme pour des funérailles... Mes fils d'abord !... Oui, d'abord mes deux fils, allez !...

Les deux frères, enveloppés de leurs manteaux, sortent et disparaissent dans le soir. Les serviteurs vont prendre aux pieds de l'aïeule les petits qu'ils enveloppent de manteaux et de couvertures. Ils enlèvent en hâte les différents paquets qui traînent çà et là sur les chaises et les tables. Nanette et le vieux Mathieu s'agenouillent, chacun d'un côté de cette porte par où tous les jeunes vont sortir. Judith a repris le manteau qu'elle avait jeté en arrivant.

S. RENAUDIN, *à Daniel.*

Daniel, à ton tour, mon enfant !

Daniel sort.

S. RENAUDIN.

Et maintenant, toi, Judith ! *(Judith se dirige vers la porte, comme anesthésiée. Le père la rappelant avec angoisse)* : Judith, je crois que tu pars en oubliant de m'embrasser, mon enfant.

JUDITH, *revenant sur ses pas et lui jetant les bras autour du cou.*

Oh ! père !

Puis elle disparaît aussi dans le noir.

S. RENAUDIN, *s'exaltant peu à peu avec la violence d'un fou.*

À présent, les tout petits ! Allez, emmenez-les ! Partez tous ! Faites la maison vide ! C'est au nom du roi de France !

Il frappe le sol du pied et se tient la tête à deux mains, les regardant partir avec l'air d'un fou. Les serviteurs sortent tête basse, emmenant les petits. Le serviteur Mathieu entraîne par la main le petit Samuel qui va sortir le dernier et qui se fait tirer, la tête retournée en arrière.

LE PETIT SAMUEL, *s'échappant des mains du domestique et courant, les bras tendus vers son grand-père.*

Grand-père !

S. RENAUDIN, *l'enlevant furieusement dans ses bras et le couvrant de baisers.*

Va, mon petit Samuel ! Va, mon bien-aimé ! Va-t'en, cher ange, va-t'en, ma joie, va-t'en, ma vie ! *(Il le pousse vers le domestique qui l'entraîne.)* Va-t'en ! va-t'en !

Puis il se jette la tête contre le mur et pleure à grands sanglote. Maintenant ils sont tous sortis. Avec le père qui sanglote, le front appuyé à la muraille, il reste dans la salle Nanette et Mathieu, agenouillés de chaque côté de la porte, l'aïeule aveugle à demi dressée dans son fauteuil et le visage levé vers le ciel, puis le curé, debout au milieu de la scène.

L'AÏEULE.

Seigneur, Seigneur, notre Dieu !

LE PRÊTRE, *faisant le signe de la croix.*

Oui, Seigneur, et vous, Vierge Marie, ayez pitié d'eux ! Guidez-les, protégez-les ! Et, de votre sainte lumière, Seigneur, pénétrez leurs âmes

RIDEAU